Lars Huldén

Preiselbeeren sind gesund

Lars Huldén

Preiselbeeren sind gesund

Gedichte aus vier Jahrzehnten

Aus dem Schwedischen
und mit einem Nachwort von
Ingrid Schellbach-Kopra

STADTLICHTER PRESSE

Inhalt

ZUM DICHTER

Lars Huldén, geb. am 5. 2. 1926 in Jakobstad in der Provinz Ostbottnien, gilt nicht nur als der Nationalschriftsteller der Finnlandschweden, sondern hat auch eine beachtliche wissenschaftliche Karriere aufzuweisen. Als Professor für Nordische Philologie an der Universität Helsinki, als langjähriger Vorsitzender des Finnlandschwedischen Schriftstellerverbandes sowie der Schwedischen Literaturgesellschaft in Finnland hat er Literatur und Wissenschaft in vielfacher Weise gefördert. Als Wissenschaftler sind ihm besonders vier Themen wichtig: die Schriftsteller
C. M. Bellman und J. L. Runeberg und ihre Werke, die schwedischen Dialekte in Finnland sowie die finnlandschwedischen Ortsnamen.
In seinen Dichtungen verbindet Huldén ostbottnische Heimatverbundenheit, scharfen Intellekt und persönliche Formgebung mit einem ihm eigenen Humor. Er ist ein ungewöhnlich vielseitiger Schriftsteller; außer dem Roman finden wir alle literarischen Gattungen in seinem Schaffen. Er reflektiert in seinen Werken nicht nur die Geschichte und die Gegenwart der Gesellschaft, in der er lebt, sondern thematisiert auch die zu erwartende Zukunft. Auf bestimmte Ideologien oder Glaubenssysteme läßt er sich nicht festlegen. Das lyrische Werk Huldéns umfaßt bislang mehr als 30 Sammlungen.
Auf die Frage, wie Lars Huldén zur Literatur, zur Lyrik kam, antwortet er selbst, u. a. im Vorwort zur jüngsten Gesamtausgabe seiner Gedichte (*Utförlig beskrivning av en bärplockares väg* /Ausführliche Beschreibung vom Weg eines Beerenpflückers, 2006). In seinem Elternhaus in der Provinz Ostbottnien im Dorf Monå (Kirchspiel Munsala) – heute zur Stadt Nykarleby (fi. Uusikaarlepyy) gehörend – war er von Anfang an von Büchern umgeben. *Ich bekam eigene Bücher, lange bevor ich überhaupt lesen konnte. Ich hatte mehrere Onkel väterlicherseits, die Bücher schrieben. Mein Vater Evert Huldén, ein engagierter Vertreter der Abstinzenzbewegung, brachte mir von seinen Reisen Bücher mit, aus den Antiquariaten in Helsinki ... Er selbst schrieb sowohl Verse als auch Prosa.*
Schon frühzeitig kam ich zu der Einsicht, daß das Schreiben von Büchern seliger ist als das Lesen.

Ich war noch nicht einmal zehn Jahre alt, als ich Kirchenlieder, Abstinzenz-Gesänge und eine halbe Seite eines historischen Romans schrieb.
Gelesen habe ich von Kindheit an immer viel.
Wenn es stimmt – und das tut es sicher irgendwie –, daß alle Dichter an demselben unendlichen Gedicht schreiben, so bedeutet das auch, daß niemand von den anderen unabhängig ist. Mich beschäftigte die ältere schwedische Lyrik von Stiernhielm bis Strindberg. Von den finnlandschwedischen Modernisten hat mich während des Studiums Diktonius am meisten interessiert.
Später hat mir die moderne dänische Poesie viel bedeutet ...
Ich habe Gedichte in zwei Sprachen geschrieben: in der schwedischen Schriftsprache und in meinem ostbottnischen Heimatdialekt von Munsala. Sprachliche Erfindungen wird man mir kaum nachweisen können, abgesehen von Bildern und Metaphern. Ich benutze die normale Sprache, die Syntax enthält kaum irgendwelche Unklarheiten.
Eine Besonderheit meiner Dichtung, die mir bewußt ist und die auch andere bemerkt haben, ist das Erzählende, das Anekdotische. Die Gedichte enthalten ein Moment der Bewegung in Raum und Zeit.
Ich schlüpfe oft in eine Rolle, wo das „Ich" nicht mit mir identisch ist. Die Ironie hat ihre Risiken, aber die habe ich oft auf mich genommen.
Ich schreibe meine Gedichtsammlungen fast durchweg in freien Rhythmen ohne Reim und Metrik, wie die meisten anderen Dichter im Gefolge der Modernisten. In bestimmten Zusammenhängen aber, zum Beispiel bei Liedern und Festgedichten, verwende ich auch gern Reime und alte Versmaße.

Lars Huldén ist auch als Übersetzer tätig: Er hat finnische Lyrik und Dramatik ins Schwedische übersetzt. Seine modernen Shakespeare- und Molière-Übertragungen werden erfolgreich auf Bühnen in Schweden und Finnland aufgeführt. Im Jahr 1999 veröffentlichte er gemeinsam mit seinem Sohn Mats eine aktuelle Neuübersetzung des finnischen Nationalepos *Kalevala* – sowohl in Finnland als auch in Schweden ein großer Erfolg, beim Lesepublikum wie bei der Kritik. Huldéns Bücher sind stets rasch vergriffen, auch in Antiquariaten sucht man sie vergebens.
Zur Freude der Leser hält seine Schaffenskraft unvermindert an. Schon sind neue Veröffentlichungen von ihm angekündigt – zunächst ein Prosabuch mit Geschichten, die Dichtung und Wahrheit enthalten.

Timmerkonstruktioner
kan bevaras förbluffande väl:
efter tusen år
kan timmer fortfarande
kännas igen.

Mitt hjärta kan
efter tusen år inte längre
kännas igen.
Men kanske har det lämnat
ett avtryck av sig på jorden
som kan studeras.

Sakkunniga anser
att det bör ha tjänat
som infattning för något,
möjligtvis en kvinna.

O, jag vet, för dig,
just för dig.

I visor får vi möta varandra
vi som sällan eller aldrig får mötas.
Och detta skulle då ha någon betydelse?
Det har ingen påstått.

Holzkonstruktionen
können sich erstaunlich gut erhalten;
nach tausend Jahren
kann man das Holz immer noch
wiedererkennen.

Mein Herz kann man
nach tausend Jahren
nicht mehr wiedererkennen.
Aber es hat vielleicht
einen Abdruck von sich auf der Erde hinterlassen,
den man studieren kann.

Experten sind der Meinung,
daß es wohl als Einfassung
für etwas gedient haben muß,
möglicherweise für eine Frau.

O, ich weiß, für dich,
gerade für dich.

In den Liedern begegnen wir einander,
wir, die wir uns selten oder nie begegnen.
Und das sollte dann eine Bedeutung haben?
Das hat niemand behauptet.

SEX DIKTER OM DINA ÖGON eller UR EN KÄRLEKS HISTORIA

Den första:
Dina ögon är två stora städer
med miljoner ljus som strålar
och tjänar till min orientering
när jag är ute och flyger.
Är jag på hemväg från Stockholm
och ser Helsingfors och Reval
stråla emot mig i kvällen
tänker jag att du väntar
näg jag har landat på Sjöskog.

Den andra:
Dina ögon är två tjärnar
som speglar himlens stjärnar;
jag drunknar i dina ögon
var gång vi möts i världen.
Härlig är döden bland stjärnar.

Den tredje:
Dina ögon är karuseller,
musik och hundrade lampor.
Här vill jag leva mitt liv
i svindel som din karusellhäst:
Trala ala ali li
ali lisan li –

SECHS GEDICHTE ÜBER DEINE AUGEN oder AUS DER GESCHICHTE EINER LIEBE

Das erste:
Deine Augen sind zwei große Städte
mit Millionen Lichtern, die strahlen
und zu meiner Orientierung dienen,
wenn ich fort bin und fliege.
Bin ich auf dem Heimweg von Stockholm
und sehe Helsinki und Reval
am Abend mir entgegenstrahlen,
denke ich, daß du wartest,
wenn ich in Seutula* gelandet bin.

Das zweite:
Deine Augen sind zwei Waldseen,
in denen sich die Sterne des Himmels spiegeln.
Ich ertrinke in deinen Augen
jedes Mal, wenn wir uns in der Welt treffen.
Herrlich ist der Tod zwischen Sternen.

Das dritte:
Deine Augen sind Karusselle,
Musik und Hunderte von Lampen.
Hier will ich mein Leben leben
im Taumel als dein Karussellpferd
Tralala tralali
tralali juchhe –

* Heute: Helsinki-Vantaa (Flughafen)

Den fjärde:
Men en kväll är dina ögon mörka brunnar
och alla mina tankar är kattungar
som trodde att de lekte –

Den femte:
Räkna med två gånger tusen lampor
i dina ögons ljusramp.
Var gång du ligger med mig
slocknar det en eller två.
Hur länge kan du hålla det hemligt?

Den sjätte:
Att jag är feg och moralisk.
Att jag vill dra mig ifrån dig.
Att jag inte törs älska.
O, älskade, dina ögon!

Människors ögon tåras lätt
av visor om älskande som måste skiljas åt.
Har man hört att de därför har stiftat lagar
som förbjuder att älskande blir skilda åt?
Så mycket om visornas makt.

Das vierte:
Aber an einem Abend sind deine Augen dunkle Brunnen
und all meine Gedanken sind Katzenjunge
die glaubten daß sie spielten –

Das fünfte:
Rechne mit zwei mal tausend Lampen
in deiner Augen Lichtrampe.
Jedes Mal wenn du mit mir schläfst
erlöschen eine oder zwei davon.
Wie lange kannst du das geheimhalten?

Das sechste:
Daß ich feig und moralisch bin.
Daß ich mich von dir zurückziehen will.
Daß ich nicht zu lieben wage.
O, Geliebte, deine Augen!

Die Augen der Menschen füllen sich leicht mit Tränen
bei Liedern von Liebenden, die sich trennen mußten.
Hat man gehört, daß deshalb Gesetze erlassen wurden,
die verbieten, daß Liebende getrennt werden?
Soviel über die Macht der Lieder.

Lönnarna
kastar stjärnor
på min väg.

Vem är jag att
Vem är jag att

lönnarna
kastar stjärnor
på min väg?

Der Ahorn
wirft Sterne
auf meinen Weg.

Wer bin ich daß
Wer bin ich daß

der Ahorn
Sterne wirft
auf meinen Weg?

Stjärnklara höstkvällar
brukar jag bestiga berget intill mitt hem,
lyfta blickarna mot höjden och sjunga
stjärnfallsvisorna jag diktat.
Med gott resultat.

An sternklaren Herbstabenden
besteige ich den Berg vor meinem Haus,
erhebe die Augen in die Höhe und singe
Sternschnuppenlieder, die ich gedichtet habe.
Mit Erfolg.

Han vilar i skuggan
och tänker på skuggan,
på hur diktarna ofta
talar om skuggan,
sjunger om skuggan.
Skuggan står ofta i slutet.
Mycket ställs fram
men sist
kommer skuggan.

Finns det visor i dur?
Det har jag svårt att förstå.
Visorna växer i hjärtat.
Hjärtat är av jord.
Jorden är stämd i moll.

Er ruht im Schatten
und denkt an den Schatten,
daran, wie Gedichte oft
vom Schatten sprechen,
vom Schatten singen.
Der Schatten steht oft am Schluß.
Viel wird dargestellt
aber zuletzt
kommt der Schatten.

Gibt es Lieder in Dur?
Das ist schwer zu verstehen.
Lieder wachsen im Herzen.
Das Herz ist aus Erde.
Die Erde ist in Moll gestimmt.

GRAVSKRIFTER

1 Mänskorna jag höll av har strukits ut ur mitt
minne.
Minns du kanhända en vän? Gläd dig, då lever
du än.

3 En gång såg mina ögon jordens skönhet som dina.
Nu står du på mitt stoft. Se så länge du ser.

4 Om du min älskade kommer hit till min grav skall
du veta:
Stoftet som vilar däri värker av längtan till dig.

5 Om du min älskade kommer hit till min grav skall
du veta:
Kärlek band jag dig med. Nu är jag död, du är fri.

8 Kärleken är bara en förberedelse.

9 En kort stund
att älska varandra.

11 Under ett långt liv
levde jag några minuter.

12 Lev med handen öppen
för fågelungarna.

13 Vad är det som ingen ber om
men som alla vill behålla
sedan de fått det?

GRABINSCHRIFTEN

1 Menschen, die ich gern hatte, sind aus meinem
Gedächtnis gestrichen.
Erinnerst du dich vielleicht eines Freundes? Freu dich,
du lebst noch.

3 Einst sahen meine Augen wie deine die Schönheit der Erde.
Jetzt stehst du auf meinem Staub. Schau, solange du siehst.

4 Wenn du, Geliebte, an mein Grab kommst, sollst
du wissen:
Der Staub, der hier ruht, schmerzt vor Sehnsucht nach dir.

5 Wenn du, Geliebte, an mein Grab kommst, sollst
du wissen:
Mit Liebe band ich dich. Nun bin ich tot, du bist frei.

8 Liebe ist nur eine Vorbereitung.

9 Ein kurzer Augenblick
um einander zu lieben.

11 Während eines langen Lebens
lebte ich einige Minuten.

12 Lebe mit offener Hand
für die Vogeljungen.

13 Was ist das, worum niemand bittet,
was aber alle behalten wollen,
nachdem sie es bekommen haben?

15 I många år
tänkte jag varje morgon
att jag kanske hade vaknat
till min sista dag.
Till slut så kom den.

16 Det fanns ingen som jag.

18 Eviga längtan att förvandlas
till vatten, kol, svavel, järn ...

19 Var. Inte. Rädd. För. Mörkret.
Där. Finns. Ingen. Ting.

22 Jag drömde att jag brottades
med en blomma och förlorade.

23 Nej!

28 Har man störtat från regnbågen
så har man varit på regnbågen.

29 Förlåta kan endast den som lever.

38 Solen förmörkades, fåglarna tystnade,
blommorna slöt sina kalkar, och det föll
dagg, dagg.

39 Dör folk ännu i dag?

40 Mycket blev till aska med mig. Allt.

15 Viele Jahre
dachte ich jeden Morgen,
daß ich vielleicht erwacht war
zu meinem letzten Tag.
Schließlich ist er gekommen.

16 Keiner war wie ich.

18 Die ewige Sehnsucht, sich zu verwandeln
in Wasser, Kohle, Schwefel, Eisen ...

19 Hab. Keine. Angst. Vor. Der. Finsternis.
Da. Ist. Nichts.

22 Ich träumte, daß ich mit einer Blume rang
und verlor.

23 Nein!

28 Ist man vom Regenbogen herabgestürzt,
so war man auf dem Regenbogen.

29 Verzeihen kann nur jemand, der lebt.

38 Die Sonne verfinsterte sich, die Vögel verstummten,
die Blumen schlossen ihre Kelche, und es fiel
Tau, Tau.

39 Sterben die Leute auch heute noch?

40 Viel wurde mit mir zu Asche. Alles.

41 Du återser mig –
i regnet som fuktar ditt hår
i gräset som spirar om våren
i löv som singlar om hösten
i flingor som dalar.

43 Det var bara 54 som dödades
i det krig där jag var med.
Jag var en av dem.
Man sade att det var ett löjligt krig.

44 Jäkta inte broder.
Du kan få all tid
som blev över för mig.

45 Jag föll för någons idé.

48 Du som hastar förbi
jag skulle kunna berätta någonting
för dig.

49 Som dikt var människolivet begripligt.

50 Säg, faller skuggan av lönnen än på den plats där
jag vilar?
Svara mig ja eller nej, intet säger det mig.

53 Längtar du till ensamheten?

58 Mitt vackraste minne
när jag cyklade genom
en regnbåge.

41 Du siehst mich wieder –
im Regen, der dein Haar benetzt
im Gras, das im Frühling sprießt
im Laub, das im Herbst fällt
in den Schneeflocken, die leise fallen.

43 Nur 54 wurden getötet
in dem Krieg, in dem auch ich war.
Ich war einer von ihnen.
Man sagte, es sei ein lächerlicher Krieg gewesen.

44 Hetze dich nicht, mein Freund.
Du kannst alle Zeit haben,
die von mir übrig blieb.

45 Ich fiel für irgend jemandes Idee.

48 Du, der du vorbeihastest,
ich könnte dir etwas
berichten.

49 Als Gedicht war das Menschenleben zu begreifen.

50 Sag, fällt der Schatten des Ahorns noch auf den Platz, wo
ich ruhe?
Antworte ja oder nein, sagen wird es mir doch nichts.

53 Sehnst du dich nach der Einsamkeit?

58 Meine schönste Erinnerung
wie ich mit dem Fahrrad durch
einen Regenbogen fuhr.

60 Befriad från att fråga.

61 Är det verkligen så allvarligt
detta att försvinna?

62 Ingen är människa
som inte har begråtit
förlusten av en annan
människa.

63 Vad vore döden,
men sjukdomen, lidandet, plågan
– dessa livets bundsförvanter.

65 Det finns ingenting nytt att säga
om detta.

70 Du som hatat mig
hör än ett ord från mig.
Snart skall du följa mig.
Snart minns oss ingen.

72 Du som föraktat mig,
du hade så rätt, så rätt,
en näve jord –

75 Det finns bara en sanning
och den ser du här.

77 Döden är för enkel att beskriva.

78 År kan man bli mätt på
men aldrig på soluppgångar.

60 Befreit vom Fragen.

61 Ist es wirklich so ernst
dieses Verschwinden?

62 Niemand ist ein Mensch,
der nicht den Verlust
eines anderen Menschen
beweint hat.

63 Was ist schon der Tod,
aber Krankheit, Leiden, Qualen
– diese Bundesgenossen des Lebens.

65 Es gibt nichts Neues
darüber zu sagen.

70 Du, der mich haßte,
hör noch ein Wort von mir.
Bald wirst du mir folgen.
Bald erinnert sich niemand an uns.

72 Du, der mich verachtete,
du hattest so recht, so recht,
eine Handvoll Erde –

75 Es gibt nur eine Wahrheit
und die siehst du hier.

77 Der Tod ist zu einfach um beschrieben zu werden.

78 Von den Jahren kann man genug haben,
nicht aber von den Sonnenaufgängen.

79 Döden är en lada med hö.

86 Tårarna samlas på gravens botten.

89 Man väntar sig måhända
ett ord om motståndsrörelsen.
Nå väl!
Må den alltid leva.

91 Att videt visslar sorgmodigt
i vinden är säkert en ren
tillfällighet.

93 Trots allt
skulle jag vända tillbaka
om jag fick.

101 Kom till mig
om du behöver ett gott råd.

103 Livet var längtan efter en mjuk hand.

109 Jag hade kunnat ge mycket
för en hållbar teori;
till och med
livet
hade jag kunnat ge.

115 Jag sade att jag kände mig trött
och skulle gå och vila mig litet.

118 Saknaden är ensidig.

79 Der Tod ist eine Scheune mit Heu.

86 Die Tränen sammeln sich auf dem Boden des Grabes.

89 Man erwartet vielleicht
ein Wort über die Widerstandsbewegung.
Also gut!
Soll sie allzeit leben!

91 Daß die Weide traurig
im Wind singt, ist sicher
ein reiner Zufall.

93 Trotz allem
würde ich zurückkehren,
wenn ich könnte.

101 Komm zu mir
wenn du einen guten Rat brauchst.

103 Das Leben war Sehnsucht nach einer sanften Hand.

109 Ich hätte viel geben können
für eine stichhaltige Theorie;
sogar
das Leben
hätte ich geben können.

115 Ich sagte, daß ich mich müde fühlte
und mich ein wenig ausruhen wolle.

118 Die Sehnsucht ist einseitig.

123 Spegel, spegel i jorden där
säg mig, säg mig
vem jag är.

127 Jag visste att det
skulle sluta så här.

129 Undvik den vita flugsvampen.

130 Jag sover i ro. Tro mig.

134 Att leva i minnet
är inte detsamma
som att leva.

135 Händer det fortfarande
att någon stannar
framför denna sten?

136 Du som vet vem jag var,
säj det till någon.

150 Vad är det som man har mera av
ju mera man skänker bort?

151 Med kärleken kan du slösa
för du får den inte med dig.
Och ingen ärver den.

152 En minut av gemenskap
mellan man och kvinna
räcker för ett liv, eller två.

123 Spieglein, Spieglein in der Erden drin,
sag mir, sag mir,
wer ich bin.

127 Ich wußte, daß es
so enden würde.

129 Vermeide den Weißen Fliegenpilz!

130 Ich ruhe in Frieden, glaub mir!

134 In der Erinnerung zu leben
ist nicht dasselbe
wie zu leben.

135 Geschieht es noch immer,
daß jemand vor diesem Stein
Halt macht?

136 Du, der du weißt, wer ich war,
sag es jemandem.

150 Was ist das, wovon man mehr hat,
je mehr man wegschenkt?

151 Mit der Liebe kannst du verschwenderisch umgehen,
denn du kannst sie nicht mitnehmen.
Und niemand erbt sie.

152 Eine Minute der Gemeinschaft
zwischen Mann und Frau
reicht für ein Leben, oder zwei.

154 När man nått utsiktsbergets topp
är ljuset plötsligt borta.

159 Blev inte klokare
när jag blev gammal
så jag tänkte att
varför inte flytta hit
egentligen?

160 Gör som ni vill.

162 Dörren öppnas endast för kommande.

166 Många kvällar
var det svårt att skilja
moln och himmel
från öar och hav.

169 Så länge jag var dum levde jag glad.

175 Sorgen är en nåd för de levande.

177 Vem skall nu sörja dem jag sörjde?

179 Hemligheter är det enda
man kan ta med sig.

188 Är livet någonting du önskar någon?

189 En död behöver aldrig
känna sig överflödig.

154 Hat man die Spitze des Aussichtsberges erreicht,
ist das Licht plötzlich weg.

159 Wurde nicht klüger,
als ich alt wurde,
so dachte ich:
warum eigentlich nicht
hierhin ziehen?

160 Macht was ihr wollt.

162 Die Tür wird nur für Kommende geöffnet.

166 An vielen Abenden
war es schwer
die Wolken und den Himmel zu unterscheiden
von den Inseln und dem Meer.

169 Solange ich dumm war, lebte ich glücklich.

175 Trauer ist eine Gnade für die Lebenden.

177 Wer soll nun um jene trauern, um die ich getrauert habe?

179 Geheimnisse sind das einzige,
was man mitnehmen kann.

188 Ist das Leben etwas, das du jemandem wünschst?

189 Ein Toter braucht sich nie
überflüssig zu fühlen.

194 Att offra livet
är en osäker investering
i mänsklighetens framtid.

195 Det finns fler gengångare
bland de levande än bland
de döda.

196 Försök att inte vara
en gengångare medan du lever.

197 Man kan vara död
utan att veta om det.

198 Förklara vad som menas med angeläget.

204 Katten har gått bakom spegeln.

212 Tiden har inte stannat.
Bara hjärtat.

216 De var som barn –
i oskuld ådrog de sig
största skuld.

224 Ingenting är sant.
Ingenting är rätt.
Ingenting är fel.
Allt är rörelse.

194 Das Leben zu opfern
ist eine unsichere Investition
in die Zukunft der Menschheit.

195 Es gibt mehr Gespenster
unter den Lebenden als unter
den Toten.

196 Versuche kein Gespenst zu sein
solange du lebst.

197 Man kann tot sein
ohne es zu wissen.

198 Erkläre, was mit wichtig gemeint ist.

204 Die Katze ist hinter den Spiegel gegangen.

212 Die Zeit ist nicht stehengeblieben.
Nur das Herz.

216 Sie waren wie Kinder –
in aller Unschuld luden sie
die größte Schuld auf sich.

224 Nichts ist wahr.
Nichts ist richtig.
Nichts ist falsch.
Alles ist Bewegung.

225 Ingenting kunde förklara någonting.

236 Ingen sover på min arm.

238 Det som jag ägde: liv och hälsa, arbete, vänner
är någon annans nu; gläd dig om det är ditt.

225 Nichts konnte etwas erklären.

236 Niemand schläft in meinem Arm.

238 Was ich besaß: Leben, Gesundheit, Arbeit und Freunde, gehört nun jemand anderm; freue dich, wenn es dein ist.

SMÖRGÅSSOMMAREN

En sommar i mitt liv
kastade jag bort en halv smörgås.
Jag fick följa med efter ett sandlass
till Storstensskottet
och satt och hängde med benen
framme på kärrflaken.
Och hade en smörgås i handen.
I detsamma kastade jag bort den.
Jag var visst lite stor på mig, tror jag.
Viljam var arg på mig han
för att jag kastade bort Gudslånet.
Änglarna skriver upp det, sa han.
Då började jag klia ett myggbett
på ena benet.

DER BUTTERBROTSOMMER

In einem Sommer in meinem Leben
warf ich ein halbes Butterbrot weg.
Ich durfte mit zum Großen Steinbruch
um Sand zu holen
und saß mit hängenden Beinen
vorn auf dem Karren.
Und hatte ein Butterbrot in der Hand.
Im gleichen Moment warf ich es weg.
Ich war ein wenig stolz auf mich, glaube ich.
Viljam war böse mit mir,
weil ich die Gottesgabe weggeworfen hatte.
Die Engel schreiben das auf, sagte er.
Da begann ich einen Mückenstich
an meinem Bein zu kratzen.

EVIGHETSSOMMAREN

Gubbarna ligger i jorden
inte så långt från varandra.
Jag brukar hälsa på hos dem
när jag någon gång kommer ditåt.
Det blev så mycket ofrågat
som man borde ha fått veta.
Och många gånger ville jag fråga
hur jag skall göra, när jag inte vet råd.
De ligger alldeles tysta.
Men det är som de skulle förstå mig
och bekymra sig för mig, ändå.

EWIGKEITSSOMMER

Die Alten liegen in der Erde
nicht so weit voneinander.
Ich pflege sie zu besuchen,
wenn ich einmal dort in der Gegend bin.
So vieles blieb ungefragt
was man hätte erfahren sollen.
Und oftmals möchte ich fragen
was ich tun soll, wenn ich keinen Rat weiß.
Sie liegen ganz still.
Aber es ist, als ob sie mich verstünden
und um mich besorgt sind, immerhin.

MAN SKALL FARA

Man skall nog fara
om de ringer från sjukhuset
och säger att någon som man känner
eller är släkt med
är där och är mycket dålig.
Då skall man nog fara
dit.
Man skall inte låta halkan
eller kölden
eller det myckna arbetet
hålla en tillbaka.
Utan man skall nog fara.
Det är lessamt
om någon måste dö allena,
utan någon närskyld bredvid sig.
Och även om de säger på sjukhuset
att han är medvetslös
och att det ingen mening är med
att du kommer.
Men det är det att de ser så mycket där
och kommer inte att tänka på
att det också är för din egen skull
som du skall fara, så att du inte
behöver gå och fundera på det sedan,
att du borde ha farit.
Så man skall nog fara.

MAN SOLL FAHREN

Man soll doch fahren
wenn sie vom Krankenhaus anrufen
und sagen, daß jemand, den man kennt
oder mit dem man verwandt ist
dort liegt und daß es schlecht steht.
Da soll man doch
hinfahren.
Man soll sich weder durch Glatteis
noch durch Kälte
oder die viele Arbeit
abhalten lassen.
Sondern man soll doch fahren.
Es ist traurig
wenn jemand allein sterben muß
ohne einen Angehörigen neben sich.
Und auch wenn die im Krankenhaus sagen
daß er bewußtlos ist
und daß es keinen Sinn hat
daß du kommst.
Das ist nur, weil die da so viel sehen
und nicht daran denken
daß es auch um deinetwillen ist
daß du fahren sollst, so daß du
später nicht gehen und darüber nachdenken mußt,
daß du hättest fahren sollen.
So soll man doch fahren.

En stor diktare kan vara en småskuren, gnällig, besvärlig, ja tom. vanlig människa.

Människan har en gång stigit ner från träden.
Därmed gick hon miste om tryggheten i träden.
Ingen trygghet känns som tryggheten i träden.
Vad är målet för vår längtan? Kanske träden.

Språket skänker diktaren ett liv i träden.
I språket lever han som förr det levts i träden.
Språket är förgrenat, böjligt, stort som träden.
Diktaren klänger i språket som i träden.

I språket är han trygg som hemma uti träden.
Ljuvligt är att leva och vara ett med träden,
hög och rak och stark och mjuk och rik som träden.
Världens äldsta sång är vindens sus i träden.

Bjud aldrig en diktare att komma ner från träden.
Vad är han när han dväljs på marken under träden?
En mask är han som alla som lever under träden.
Ingen trygghet känns som tryggheten i träden.

Ein großer Dichter kann ein kleinlicher, kläglicher,
mühseliger, ja mitunter ein ganz gewöhnlicher Mensch sein.

Der Mensch stieg einst herab von den Bäumen.
Damit verlor er die Geborgenheit in den Bäumen.
Keine Geborgenheit ist wie die Geborgenheit in Bäumen.
Was ist das Ziel unserer Sehnsucht? Vielleicht die Bäume?

Die Sprache schenkt dem Dichter ein Leben in Bäumen.
Er lebt in der Sprache wie einst in den Bäumen.
Die Sprache ist verzweigt, biegsam, groß wie Bäume.
Der Dichter klettert in der Sprache wie in Bäumen.

In der Sprache ist er geborgen wie daheim in den Bäumen.
Lieblich ist es zu leben und eins zu sein mit den Bäumen.
Hoch und rank und stark und weich und rein wie die Bäume.
Ältester Gesang der Welt – das Rauschen des Windes in den Bäumen.

Bitte nie den Dichter herabzusteigen von den Bäumen.
Was ist er wenn er weilt auf der Erde unter den Bäumen?
Ein Wurm ist er wie alle die leben unter den Bäumen.
Keine Geborgenheit ist wie die Geborgenheit in Bäumen.

SKOGENS ORDSPRÅKSBOK

I skogens sång är alla världens sånger inskrivna.

Ingenting harmar en skog, den börjar tyst från
början var gång den blir förödd.

Om skogen har stannat vid en odlings gräns är det
bara för ett ögonblick.

En gång kommer den dag, då skogen åter är urskog
och tiden urtid.

Den som inte har sett granen blomma vet inte vad blomning är.

Om rönnen bildade skogar, skulle ingen komma
levande igenom när den blommar. För doftens skull.

Aspen inbjuder till karaktärsstudier: dess ljusa, rättframma
väsen och dallrande fruktan.

En gång fäller även eken alla sina blad.

Förmågan att likna en rotvälta har räddat många
troll från upptäckt.

Abborren och enen är stadier i en skogsvarelses metamorfos.

När veden gnyr i brasan, skall någon kanske dö.

DAS SPRICHWÖRTERBUCH DES WALDES

Im Gesang des Waldes sind alle Gesänge der Welt enthalten.

Nichts verdrießt einen Wald, lautlos beginnt er
nach jeder Zerstörung von neuem.

Wenn der Wald an einer Anbaugrenze Halt macht,
dann nur für einen Augenblick.

Der Tag wird kommen, da der Wald wieder Urwald ist
und die Zeit wieder Urzeit.

Wer die Fichte nicht hat blühen sehen, der weiß nicht, was blühen ist.

Wenn die Eberesche Wälder bilden würde, käme
in der Blütezeit niemand lebend hindurch. Wegen des Duftes.

Die Espe lädt ein zu Charakterstudien: ihr helles, aufrechtes
Wesen und diese zitternde Furcht.

Einmal verliert auch die Eiche alle ihre Blätter.

Die Fähigkeit, dem Wurzelwerk zu gleichen, hat manchen
Troll vor dem Entdecken gerettet.

Barsch und Wacholder sind Stadien der Metamorphose eines
Waldwesens.

Wenn das Holz im Feuer knackt, dann wird vielleicht jemand sterben.

Aldrig har all skog brunnit i samma brand, sa gumman,
när de kom och ropade att skogen brinner.

Att mänskligheten hittills har överlevt mordförsöken,
är till stor del skogens förtjänst.

De var rena i själen som träd och kvävde aningslöst
varandra.

Att känna en skog är ett bra alternativ till att känna sig själv.

Ingen mönstrar dig, människa, skarpare än ett skogsbryn.

Att kunna beräkna riktningen för en furas fall, vilken
triumf för den mänskliga hjärnan.

Hugg inte mer än att göken orkar flyga mellan
träden.

Sköt inte skogen så bra att du inte kan gömma dig
i den.

Är driften att dränera kärren ett surrogat för vad
man inte får göra med samhället?

Näbbmusen svalt ihjäl på vägen över en väg.
Farligt är att korsa människornas vägar.

Es ist nie der ganze Wald auf einmal verbrannt, sprach die Alte,
als sie kamen und riefen, der Wald brennt.

Daß die Menschheit bisher die Mordversuche überlebt hat,
ist zum großen Teil das Verdienst des Waldes.

Sie hatten eine reine Seele wie die Bäume
und erstickten einander ohne es zu ahnen.

Einen Wald zu kennen ist eine gute Alternative für die Selbstkenntnis.

Niemand mustert dich schärfer, o Mensch, als ein Waldrand.

Die Fallrichtung der Kiefer berechnen zu können –
welch ein Triumph für das menschliche Gehirn.

Fälle nur so viele Bäume, daß der Kuckuck noch zwischen ihnen
fliegen kann.

Bewirtschafte den Wald nicht so gut, daß du dich nicht mehr darin
verstecken kannst.

Ist der Antrieb, einen Sumpf zu drainieren, ein Surrogat dafür,
was man nicht mit der Gesellschaft machen kann?

Die Spitzmaus verhungerte unterwegs beim Überqueren einer Straße.
Gefährlich ist es, die Wege der Menschen zu kreuzen.

Björktrasten skriver och skriver nutidens historia på
sin maskin. Se där går en katt genom riset!

Koltrasten är sommarkvällens konsertmästare:
frack, svart väst, svart skjorta, gul klä-vitt. Han skulle
ha varit näktergal, men det skedde en förväxling.

Kråkorna flyger plötsligt en dag med barkade
kvistar i näbben. Framtiden bankar på.

Festdikt vid skogsundervisningens 100-årsjubileum 1976.

Die Wacholderdrossel schreibt und schreibt die Geschichte der Gegenwart auf ihrer Maschine. Schau, da geht eine Katze durchs Gestrüpp!

Die Amsel ist der Konzertmeister der Sommerabende:
Frack, schwarze Weste, schwarzes Hemd, ein gelbes tjäk-tjäk-ki. Sie hätte eine Nachtigall werden sollen, aber da gab es eine Verwechslung.

Die Krähen fliegen plötzlich mit entrindeten Zweigen im Schnabel.
Die Zukunft klopft an.

Festgedicht zum hundertjährigen Jubiläum der finnischen Forstwissenschaft 1976.

BELLMAN

Att försöka nå fram till Bellman
är som att gå till en insjö
och stirra ner i ett alldeles av svart vatten.
Svart som döden.

Vattnet i den svarta insjön
upprörs lätt av vindarna, och båtar
med herrskapsklädda metare
går snabbt till botten.

Alla drunknar i den svarta insjön.
Liken ligger nere i ävjan, man kan
ingenting se, men man vet att de är där
allesammans.

Runt omkring sjön
står det björkar och rönnar.
Mellan dessa leker de unga och de
som inte längre är så unga.
Man hör skratt och sång
och någon sover ruset av sig.
Rönnarna blommar, det är ljus och klarhet
runtom den svarta sjön.

BELLMAN

Der Versuch, Bellman zu erreichen,
ist, als ginge man an einen Binnensee
und starrte tief ins pechschwarze Wasser.
Schwarz wie der Tod.

Das Wasser im schwarzen See
wird durch die Winde leicht aufgewühlt, und die Boote
mit den herrschaftlich gekleideten Anglern
sinken rasch auf den Grund.

Alle ertrinken im schwarzen See.
Die Leichen liegen im Schlamm, niemand
kann sie sehen, aber man weiß, sie sind dort
allesamt.

Um den See wachsen
Birken und Ebereschen.
Zwischen ihnen spielen junge Leute und solche,
die nicht mehr so jung sind.
Man hört sie lachen und singen
und manch einer schläft seinen Rausch aus.
Die Ebereschen blühen, Licht und Klarheit herrschen
rund um den schwarzen See.

Gryningen kommer tyst tassande till mig,
sätter sig på min sängkant,
säger ingenting,
ser bara på mig
med allvarsamma ögon
och jag förstår:
dagar är viktiga,
dagar är korta,
dagar är få.

Die Morgendämmerung tappt still zu mir heran,
setzt sich auf meinen Bettrand,
sagt nichts,
sieht mich nur an
mit ernsten Augen
und ich verstehe:
die Tage sind wichtig,
die Tage sind kurz,
es sind wenige Tage.

De dödas kläder
som du får ta hand om på sjukhuset
och lägga bakom dig i bilen
och köra hemåt med,
de dödas kläder
är mycket tysta.
Tystare än någon skog
någon höstlig frostkväll
är de dödas kläder.
Du kan höra dina tankar
hela vägen hem.

Die Kleider des Toten,
die du im Krankenhaus bekommst
und die du auf den Rücksitz des Autos legst
und mit denen du nach Hause fährst,
die Kleider des Toten
sind sehr still.
Stiller als irgendein Wald
in einer Frostnacht im Herbst
sind die Kleider des Toten.
Du kannst deine Gedanken hören
auf dem ganzen Weg nach Hause.

Mästaren förbjöd
på terminens andra dag
sina elever att i dikter bruka
ordet *jag*.
Då övergick de till
att använda *du* eller *han* eller *vi*
i betydelsen 'jag'.
Därefter förbjöd mästaren
användning av alla
personliga pronomen.
Då började eleverna välja
olika substantiv: *en man*,
en kvinna, *kejsaren*, *tiggaren*,
konungen, *Gud*.
Men de menade fortfarande
endast 'jag'.
Då insåg mästaren
elevernas hopplöshet
och stängde sin skola.

Der Meister verbot
am zweiten Tag des Semesters
seinen Schülern, in Gedichten
das Wort *ich* zu verwenden.
Da gingen sie dazu über,
du oder *er* oder *wir*
in der Bedeutung ‚ich' zu verwenden.
Danach verbot der Meister
die Verwendung aller
persönlichen Pronomina.
Da begannen die Schüler
verschiedene Substantive zu wählen: *ein Mann,*
eine Frau, der Kaiser, der Bettler,
der König, Gott.
Aber sie meinten fortwährend
nur ‚ich'.
Da sah der Meister
die Hoffnungslosigkeit der Schüler ein
und schloß seine Schule.

Vi sitter i gungan
och gungan går runt och går runt,
vi sjunger
men somliga skriker
och gungan går runt.
Kvällen blir mörkare
stjärnorna sticker sig fram
och sången i gungan
handlar om stjärnornas här
men gungan går runt
och allt flera skriker,
är det som skriker,
skriker och skriker.

Wir sitzen in der Schaukel,
und die Schaukel geht rund und rund,
wir singen,
aber einige schreien,
und die Schaukel geht rund.
Der Abend wird dunkler,
und die Sterne gehen auf,
und der Gesang in der Schaukel
handelt vom Heer der Sterne,
aber die Schaukel geht rund,
und immer mehr schreien,
sind es, die schreien,
schreien und schreien.

När min gamla lärarinna hade dött
beslöt hon att alls inte flytta bort
från sin kära skola utan stannade kvar.
När jag efter femtio år besökte
den övergivna skolan igen
satt hon där i katedern
och berättade den sanna händelsen
om en liten flicka som försökte ringa
till sin mamma i himmelen
(utan att likväl lyckas).
Jag slog mig ned vid harmoniet
och spelade *Blott en dag*
ett ögonblick i sänder.
Min lärarinna fick tårar i ögonen
och när jag hade slutat
nickade hon gillande
och förlät mig alla mina synder.

Als meine alte Lehrerin gestorben war,
beschloß sie, gar nicht wegzuziehen
von ihrer lieben Schule, sondern blieb da.
Als ich nach fünfzig Jahren die
verlassene Schule wieder besuchte,
saß sie da am Katheder und
berichtete das wahre Ereignis
von dem kleinen Mädchen, das versucht hatte,
seine Mutter im Himmel anzurufen
(ohne daß es ihm gelungen war).
Ich setzte mich ans Harmonium
und spielte *Nur den Tag,*
*den Augenblick alleine.**
Meine Lehrerin bekam Tränen in die Augen
und als ich aufgehört hatte,
nickte sie zustimmend
und vergab mir alle meine Sünden.

* Anfang eines bekannten schwedischen und finnischen Kirchenliedes

Redan i september hade hon
hela julen fryst.
Nu har jag julen fryst, sa hon.
Nu är den i frysen, bara att ta fram.
Barnen greps av stort intresse
för den vita köksmöbeln,
med andakt närmade de sig
och berörde den hastigt med handen
och sprang så bort
skrattande och jublande.
När julaftonsdagen kom
tinade hon upp deras jul.
Och så var den över.

Schon im September hatte sie
das ganze Weihnachten eingefroren.
Jetzt habe ich Weihnachten eingefroren, sagte sie.
Jetzt liegt es im Gefrierschrank, braucht nur herausgeholt zu werden.
Die Kinder wurden von großem Interesse ergriffen
für das weiße Küchenmöbel,
andächtig näherten sie sich
und berührten es rasch mit der Hand
und rannten wieder weg,
lachend und jubelnd.
Als Weihnachten kam,
taute sie ihr Weihnachten auf.
Und so war es vorbei.

Julen är de ensammas fest.
Aldrig upplever man sin ensamhet
så starkt som under den helgen.
Vilken frid, vilken lycka, vilken ro.
Man låser dörren kring sig.
Ingen skall komma.
Världen kan ha sin gång.
Barnens hysteri slipper man se,
liksom föräldrarnas.
Nu är det jul. Nu
får jag vara den jag är.

Weihnachten ist das Fest der Einsamen.
Nie erlebt man seine Einsamkeit
so stark wie während dieser Feiertage.
Welch ein Friede, welch ein Glück, welch eine Ruhe.
Man schließt die Türen um sich.
Niemand soll kommen.
Die Welt kann ihren Gang gehen.
Man entgeht der Hysterie der Kinder
wie auch der Eltern.
Jetzt ist Weihnachten. Jetzt
kann ich sein, der ich bin.

Vi har den seden här i byn
att vi bränner brasor om julen.
Jag gjorde en duktig brasa
på det som var kvar av huset
som jag rev ner förra hösten.
Bland annat som gick upp i rök
var dörrposten med sina streck,
när de märkade längden på barnen.
Det var sista minnet av många.

Wir haben in diesem Dorf die Sitte,
zu Weihnachten Feuer anzuzünden.
Ich baute einen ordentlichen Holzhaufen
aus dem, was übrig war von dem Haus,
das ich im letzten Herbst abgerissen hatte.
In Rauch gingen auch auf
die Türpfosten mit den Strichen,
die die Größe der Kinder markierten.
Das war das letzte Andenken an manche.

Julen är en tung tid
för alla dem som är dömda
att alltid längta efter varandra.
Ty om julen är längtan efter gemenskap,
även den omöjligaste, som allra störst.
Då sänder de arma i hemlighet
suckar till varandra, hon kanske
medan hon tänder ljusen i granen,
han när han vecklar upp ett paket
med två par strumpor.
Och suckarna når fram,
snabbare än ljuset ilar de
genom den mörka kvällen.
Det har hänt att två älskandes suckar
har mötts på halva vägen
en välsignad julafton.
Det händer dock även
att de missar målet
och ilar vidare genom galaxerna
i evighet.
Så är det.

Weihnachten ist eine schwere Zeit
für alle die verurteilt sind
sich immer nacheinander zu sehnen.
Denn zu Weihnachten ist die Sehnsucht nach Gemeinschaft,
auch der unmöglichsten, am allergrößten.
Da senden die Unglücklichen einander
heimlich Seufzer, sie vielleicht,
während sie die Kerzen am Baum anzündet,
er, wenn er ein Päckchen auspackt
mit zwei Paar Strümpfen.
Und die Seufzer kommen an,
schneller als das Licht eilen sie
durch den dunklen Abend.
Manchmal haben sich die Seufzer zweier Liebender
auf halbem Weg getroffen
an einem gesegneten Weihnachtsabend.
Es geschieht aber auch,
daß sie das Ziel verfehlen
und weitereilen durch die Galaxien
in Ewigkeit.
So ist das.

Årets mörkaste natt.
Ju äldre jag blir desto mer
längtar jag till årets mörkaste natt.
Jag brukar vaka den natten.
Ensam med mig själv.
Jag tänder intet ljus
och ingen synlig eld låter jag brinna.
Ibland tar jag på mig och går ut
i det ögonstingande mörkret.
Gryningen kommer sent
men jag inväntar den.
Jag inväntar den
och känner mig som en segrare
när den äntligen kommer,
liksom fästningskommendanten
när förstärkningen trumpetar
i fiendens rygg.

Die dunkelste Nacht des Jahres.
Je älter ich werde, desto mehr
sehne ich mich nach der dunkelsten Nacht des Jahres.
Diese Nacht durchwache ich immer.
Allein mit mir selbst.
Ich zünde keine Kerze an
und lasse kein offenes Feuer brennen.
Manchmal ziehe ich mich an und gehe hinaus
in die augenstechende Finsternis.
Die Morgendämmerung kommt spät,
aber ich warte sie ab.
Ich warte sie ab
und fühle mich wie ein Sieger,
wenn sie endlich kommt,
wie ein Festungskommandant,
wenn Verstärkung trompetet
im Rücken des Feindes.

De reste till Södern till jul.
Det var så enkelt då.
Inga bekymmer med städning,
granfotning och matlagning.

Så stod de där
vid randen av en öken.
Musiken, dryckerna och ropen
på hotellet hade de lämnat bakom sig
och vandrade fram under stjärnorna,
de eviga.

Där blev de upptagna
och återvände aldrig.

Sie reisten nach Süden über Weihnachten.
Es war so einfach damals.
Keine Sorgen mit dem Putzen,
dem Baumschmücken und dem Essenkochen.

So standen sie da
am Rand einer Wüste.
Musik, Getränke und Rufe
im Hotel hatten sie hinter sich gelassen
und wanderten weiter unter den Sternen,
den ewigen.

Da wurden sie aufgenommen
und kehrten nie wieder zurück.

Min fantasi flyger numera lågt.
Risken för haverier är därför
större än förr.

Meine Phantasie fliegt neuerdings niedrig.
Das Risiko für Zusammenstöße ist daher
höher als früher.

Sin första ensamma julnatt
efter det att alla med goda skäl
hade övergivit honom
låg han och tänkte på
hur han skulle kunna försvinna
och glömmas så att ingen
skulle minnas hans namn.
Att gömma en kropp och en grav är lätt.
Ingen sten, inget namn, bara gräs
eller mossa eller vatten.
Själen har ingen någonsin sett,
så den räknade han inte med.
Men namnet skulle bli kvar.
Han hade skrivit det i liggaren
på många museer, skrivit många brev
som han undertecknat med sitt namn.
Och det levde på folkets grinande
läppar, så det skulle bli svårt, svårt,
endast tiden, den oändliga tiden ...
Medan han så låg och grubblade på
hur han skulle radera ut sitt namn
på alla ställen där det stod,
insomnade han stilla.

Seine erste einsame Weihnachtsnacht
nachdem ihn alle aus gutem Grund
verlassen hatten
lag er da und dachte darüber nach,
wie er verschwinden könnte
und vergessen werden so daß niemand
seinen Namen erinnern würde.
Einen Körper oder ein Grab zu verbergen ist leicht.
Kein Stein, kein Name, nur Gras
oder Moos oder Wasser.
Die Seele hat niemand jemals gesehen,
so rechnete er nicht damit.
Aber der Name würde übrig bleiben.
Er hatte ihn in vielen Museen
ins Besucherbuch geschrieben,
viele Briefe mit seinem Namen unterzeichnet.
Und der Name lebte auf den spöttischen Lippen der Leute,
so daß es schwer sein würde, schwer,
nur die Zeit, die unendliche Zeit ...
Während er so dalag und darüber grübelte,
wie er seinen Namen ausradieren könnte
an allen Stellen wo er stand,
schlief er still ein.

Ensamheten
blev med tiden en vana för honom.
Jag är ensam
var en fras som han kunde säga
på världens alla språk.
Han behövde den på resebyråer,
restauranger, teatrar, operan
och varhelst han rörde sig i världen.
Jag är ensam.
Ty han var ensam.

Die Einsamkeit
wurde mit der Zeit eine Gewohnheit für ihn.
Ich bin allein
war ein Satz, den er
in allen Sprachen der Welt sagen konnte.
Er brauchte ihn in Reisebüros,
Restaurants, Theatern, Opern
und überall, wo er sich aufhielt in der Welt.
Ich bin allein.
Denn er war allein.

Det är så här, ser du:
När du dör blir ditt namn hemlöst.
Det vandrar ensamt omkring
och får stundom träda in i hem
som det tidigare besökt med sin bärare.
Stundom är det inte välkommet.
Det beror på hur du burit det.

So ist das, siehst du:
Wenn du stirbst, wird dein Name obdachlos.
Er wandert einsam umher
und darf mitunter eintreten in ein Haus,
das er früher besucht hat mit seinem Träger.
Manchmal ist er nicht willkommen.
Das kommt darauf an, wie du ihn getragen hast.

Namnet stannar alltid ovan jord.
När du ligger i din grav
har du det ovanom på stenen.
Samtidigt irrar det kring i landet
och lämnar icke livet.
Namnet kan samtidigt vara
på många ställen, i det avseendet
liknar det djävulen.

Att uppfinna ett namn
är en gärning som i princip
kan jämföras med att skapa en värld.

Universum är kanske ingenting annat
än ett namn som vi inte känner
men bor i.

Der Name bleibt immer über der Erde.
Wenn du in deinem Grab liegst,
hast du ihn oben auf dem Stein.
Gleichzeitig irrt er im Land umher
und verläßt das Leben nicht.
Der Name kann gleichzeitig
an vielen Orten sein, in der Hinsicht
gleicht er dem Teufel.

Einen Namen zu erfinden
ist eine Tätigkeit, die im Prinzip
vergleichbar ist mit der Erschaffung einer Welt.

Das Universum ist vielleicht nichts anderes
als ein Name, den wir nicht kennen
aber in dem wir wohnen.

Öknarna breder ut sig.
Hela skogar vissnar bort.
Sjöar och hav förlorar sitt liv.
Världens öde kan redan betraktas som avgjort.
Finns det intet, intet hopp för denna jord?
Det finns ett hopp: Att fördärvararten
försvinner. Men hur skall den kunna
försvinna, utan att ta alla andra
arter med sig?

Die Wüsten breiten sich aus.
Ganze Wälder gehen ein.
Seen und Meere verlieren ihr Leben.
Das Schicksal der Welt kann als abgemacht gelten.
Gibt es denn keine, gar keine Hoffnung für diese Erde?
Es gibt eine Hoffnung: Daß die Zerstörer-Art
verschwindet. Aber wie kann sie
verschwinden, ohne alle anderen Arten
mit sich zu nehmen?

Sommaren närmar sig slutet.
Sommaren upphör att finnas.
Sommaren är snabbt förgången.
Sommaren varade kort tid.
Sommaren verkade lång först.
Sommaren verkade kort sedan.
Sommaren är en bedragare.
Sommaren bedrog jag mig på.
Sommaren blev bedragen av mig.
Sommaren är sommar, jag är jag.
Sommaren kommer tillbaka, inte jag.

Der Sommer nähert sich dem Ende.
Der Sommer hört auf zu sein.
Der Sommer ist rasch vergangen.
Der Sommer dauerte kurze Zeit.
Der Sommer wirkte erst lang.
Der Sommer wirkte dann kurz.
Der Sommer ist ein Betrüger.
Der Sommer hat mich betrogen.
Der Sommer wurde von mir betrogen.
Der Sommer ist der Sommer, ich bin ich.
Der Sommer kommt zurück, ich nicht.

I

Det var mänsklighetens sista kväll.
Jag såg mörka moln stiga upp i väster
och tänkte: Det blir åska.
Trädens kvistar rörde sig oroligt,
som när det skall bli storm.
Och det var ingenting onormalt i detta.
Men i nyheterna kom beskedet: Spänningen
hade lösgjort missilerna, stormakternas
radio hade tystnat, radioaktivitet
hade uppmätts till höga tal i vårt lilla
neutrala land. Experter framträdde
och manade till lugn och vistelse
inomhus. Tappa badkaren fulla med vatten
så länge drickbart vatten fås, löd ett råd.

II

Jag försökte ringa upp till en vän
som jag hade i en avlägsen stad, men det var svårt,
för många andra ville också ringa
och tala en sista gång med sina kära.
Det tutade upptaget hela tiden.
Till slut, efter midnatt, kom jag fram.
Men det var ingen som svarade där längre.

I

Es war der letzte Abend der Menschheit.
Ich sah dunkle Wolken aufziehen im Westen
und dachte: Es kommt ein Gewitter.
Die Zweige der Bäume bewegten sich unruhig
wie vor dem Sturm.
Und daran war nichts Ungewöhnliches.
Aber in den Nachrichten kam die Mitteilung:
Die Spannung hatte die Raketen entsichert,
der Rundfunk der Großmächte war verstummt,
Radioaktivität in hohem Ausmaß war in unserem
kleinen neutralen Land gemessen worden. Experten
mahnten zur Ruhe und zum Verbleib in den
Häusern. Füllt die Badewannen mit Wasser, so lange
es noch trinkbares Wasser gibt, lautete ein Rat.

II

Ich versuchte einen Freund anzurufen,
den ich in einer fernen Stadt hatte, aber das war schwer,
denn viele andere wollten auch anrufen
und ein letztes Mal mit ihren Lieben sprechen.
Die ganze Zeit tutete das Besetztzeichen.
Schließlich, nach Mitternacht, kam ich durch.
Aber dort antwortete niemand mehr.

III

Radion spelade mellan meddelandena
och kommentarerna endast seriös musik:
Sibelius, Beethoven, Schuberts ofullbordade.
Vi fick absolut inte gå ut nu, ventiler och
spjäll måste stängas, springor vid
fönstren tätas. De som hade blivit kvar
på sina arbetsplatser måste stanna där.

IV

Vi fick ingen sömn, vi lyssnade på
radion, och teven hade vi också på.
De två kanalerna hade gått ihop till en.
Meddelanden sändes regelbundet på
de båda inhemska språken, men även
på främmande språk.
Batteriradion började bete sig nyckfullt
och tystnade, batterierna var slut,
och inga reservbatterier hade vi hemma.
Timmarna kändes långa, långa, långa.

III

Im Radio wurde zwischen den Mitteilungen und
Kommentaren nur ernste Musik gespielt:
Sibelius, Beethoven, Schuberts Unvollendete.
Wir durften keinesfalls das Haus verlassen, Ventile
und Ofenklappen mußten geschlossen, die Ritzen
an den Fenstern verstopft werden. Die an ihrem
Arbeitsplatz geblieben waren, mußten dort bleiben.

IV

Wir konnten überhaupt nicht schlafen, wir hörten Radio
und hatten auch das Fernsehen an.
Statt zwei Programmen gab es nur noch eins.
Die Mitteilungen kamen regelmäßig
in beiden einheimischen Sprachen,
aber auch in Fremdsprachen.
Das Batterieradio streikte und verstummte schließlich,
die Batterien waren leer,
und wir hatten keine Ersatzbatterien zu Hause.
Die Stunden kamen einem lang und länger vor.

V

Jag måste ha slumrat till i alla fall.
Också de andra sov, när jag vaknade.
Det kändes tryckande kvavt i rummet.
Jag gick fram till fönstret.
Det var ljust, men disigt, och jag såg.
Jag såg hur sommargrönskan hängde brun
som potatisblasten efter en svår frostnatt.
Då sprang en fråga på mig som jag
aldrig väntat. Jag vände mig om
mot de mina. Skulle jag låta dem vakna?

VI

Nu har jag skrivit det här.

V

Ich muß jedenfalls eingeschlafen sein.
Auch die anderen schliefen, als ich aufwachte.
Die Luft im Zimmer war drückend und schwer.
Ich ging ans Fenster.
Es war hell, aber diesig und ich sah.
Ich sah, wie das Sommergrün braun herabhing
wie Kartoffelkraut nach einer harten Frostnacht.
Da kam mir eine Frage in den Sinn, die ich
nie erwartet hatte. Ich wandte mich um
zu den Meinen. Sollte ich sie aufwachen lassen?

VI

Nun habe ich das geschrieben.

Nu

är det jul.

Nu tändas tusen juleljus.

Nu pyntas alla granar igen

i kristenhetens millioner hem.

Barnen jublar och de äldre ler.

En tidning har inbjudit alla att

berätta om hur familjen firar julen.

De familjer som anses ha firat den allra

juligaste julen och bäst vårdat traditio-

nen får pris: segraren en resa till Söder-

havet, tvåan till Betlehem, trean till

Stockholm, fritt upp för hela familjen.

Tusen julskinkor lottas ut bland övriga

deltagare och hemsänds lagom till föl-

jande jul. Så lever traditionen vidare

och

alla

fortfar att vara lyckliga

Nun

ist Weihnachten.

Nun werden tausend

Kerzen angezündet. Nun

werden in Millionen Häusern der

Christenheit wieder alle Weihnachtsbäume

schön geschmückt. Die Kinder jubeln und auch die

Eltern lächeln. Eine Zeitung hatte alle eingeladen darüber

zu schreiben, wie in den Familien das Weihnachtsfest gefeiert

wird. Die Familien, die ganz offensichtlich das allerweihnachtlichste

Weihnachten gefeiert und die Tradition am besten bewahrt haben,

bekommen einen Preis: der Sieger eine Reise in die Südsee, der

Zweite eine nach Bethlehem, der Dritte nach Stockholm, all inclusive

für die ganze Familie. Tausend Weihnachtsschinken werden unter

den übrigen Teilnehmern verlost und rechtzeitig zum nächsten

Weihnachtsfest versandt. So lebt die Tradition weiter

und

alle

sind fortwährend glücklich.

REFERAT FRÅN KONGRESS

Det finns så lite kvar av det gamla,
och det som ändå finns är
desemantiserat,
dvs. vi förstår det inte,
att det en gång var en myt
som troddes på (eller betvivlades).
Vår egen myt är
desakraliserad,
dvs. inte helig längre.
Endast oheligheten är
helig, helig, helig.

KONGRESSREFERAT

Es ist so wenig übrig vom Alten,
und das, was es noch gibt, ist
desemantisiert,
d. h., wir verstehen nicht,
daß es einst ein Mythos war,
den man glaubte (oder bezweifelte).
Unsere eigenen Mythen sind
desakralisiert,
d. h. nicht mehr heilig.
Nur die Unheiligkeit ist
heilig, heilig, heilig.

Gycklet är världens allvarligaste sak.
Se dessa gycklare, någon glättighet
hittar du aldrig i deras ögon.
Bara i deras gyckel.
De vågar gyckla med Gud,
ty det är det enda sättet
att komma honom nära.
Men det är ingen munter upplevelse.

Spaß ist die ernsteste Sache der Welt.
Schau dir die Spaßvögel an, irgendeine Heiterkeit
findest du nie in ihren Augen.
Nur in ihren Späßen.
Sie wagen mit Gott zu spaßen,
denn das ist die einzige Möglichkeit,
ihm näher zu kommen.
Aber das ist kein lustiges Erlebnis.

GRUSISK SEPTEMBER

Kyrkornas läror är många.
Jag har ingen bekännelse.
Blott att i katedralen
Svetitskhoveli,
den fem gånger förhärjade,
där av prakten återstår endast rester,
men där tunna vaxljus stilla brann
en septemberdag 1973,
blott att jag där fick en längtan
att tända ett ljus
för någonting,
för någonting,
jag vet inte för vad.
För någonting.

GRUSINISCHER SEPTEMBER

Die Lehren der Kirchen sind zahlreich.
Ich bekenne mich zu keiner.
Nur daß in der Kathedrale von
Svetitskhoveli,
der fünfmal zerstörten,
wo bloß Reste der Pracht geblieben sind,
aber wo dünne Wachskerzen still brannten
1973 an einem Tag im September,
nur daß ich da das Verlangen hatte
eine Kerze anzuzünden
für etwas,
für etwas,
ich weiß nicht wofür.
Für etwas.

Jag mötte en man i Tbilisi
som sa att han älskar dig.
Det var sent en kväll på hotellet.
Han stod mitt emot mig i rummet
och sa att han älskade dig.
Han påminde inte så lite om mig
men hade håret kammat tvärtom
och pyjamasen knäppt åt vänster.

Ich traf einen Mann in Tbilisi,
der sagte, daß er dich liebe.
Es war ein später Abend im Hotel.
Er stand mir gegenüber im Zimmer
und sagte, daß er dich liebe.
Er erinnerte gar nicht so wenig an mich,
hatte aber die Haare andersrum gekämmt
und den Pyjama nach links geknöpft.

DEN ENDA STUNDEN I MOSKVA

En japanska
eller japanesiska
hur man nu säger
lång och mycket vacker
kom upp med samma hiss
till samma våning som jag,
gick i bredd med mig
genom samma hotellkorridor
och in i rummet mittemot.
Medan jag satt och tänkte på henne
knackade det plötsligt på dörren.
Det var hon.
– Var snäll och ta nyckeln ur dörren
på utsidan, sa hon på engelska.
– Thank you! sa jag.
– Goodbye, sa hon.

DER EINZIGE AUGENBLICK IN MOSKAU

Eine Japanerin
oder Japanesin,
wie man nun sagt,
groß und sehr schön
kam im selben Aufzug
zum selben Stockwerk wie ich,
ging neben mir
durch denselben Hotelkorridor
und in das Zimmer gegenüber.
Als ich so dasaß und an sie dachte,
klopfte es plötzlich an der Tür.
Es war sie.
– Würden Sie bitte den Schlüssel draußen an der Tür
abziehen, sagte sie auf englisch.
– Thank you! sagte ich.
– Goodbye, sagte sie.

DEN HEMLIGHETSFULLA ÖN

Mycket minns jag inte
av mitt liv under vattnet.
Lugnt var det länge och tyst.
Fiskar kom stundom i stim
så stora att ljuset försvann.

Småningom blev jag berörd
av virvlar som tid efter annan
bildades högre i vattnet.
Vågorna alstrade dem.
Jag lärde mig känna med tiden
vågornas skiftande brus.

Så kom dagen då jag
fann den bedrägliga luften.
Utan stadga är den.
Ingen kan lita på den.

Nu står jag här
med min dubbelnatur,
rotad i lugn och stillhet,
upphöjd till ljus och oro.
Frågan är blott vilken makt
som ställt på mig sådana krav.

DIE GEHEIMNISVOLLE INSEL

Viel weiß ich nicht mehr
von meinem Leben unter Wasser.
Ruhig war es lange und still.
Fische kamen mitunter in Schwärmen,
so groß, daß das Licht verschwand.

Allmählich berührten mich
Wirbel, die von Zeit zu Zeit
weiter oben im Wasser entstanden.
Die Wellen erzeugten sie.
Mit der Zeit kannte ich mich aus
mit dem wechselnden Brausen der Wellen.

So kam der Tag, da ich
die trügerische Luft fand.
Sie ist ohne Beständigkeit.
Niemand kann ihr trauen.

Hier stehe ich nun
mit meiner Doppelnatur,
verwurzelt in Ruhe und Stille,
erhoben zu Licht und Unruhe.
Fragt sich nur, welche Macht
mir solche Forderungen gestellt hat.

MITT LIV SOM SPRINGKÄLLA MED KOKANDE VATTEN (GEYSIR)

Man har gett mig ett namn
som ingenting betyder för mig.
Det viktiga är
att jag aldrig får ro.
Dag och natt växlar hos mig
samling
med femtio meter höga
vattenrop.
Efter ropen sjunker jag
utmattad till bottnen av mig själv.
Men efter blott några sekunder
är jäsningen i gång igen.
Jag vet inte vem eller vad
som driver på.
Bara att jag måste.

Folk kommer och går.
De kastar tvålbitar i mig
för att stimulera mig
till högre och tätare rop.
Ytspänningen minskar, och högre
och hastigare far vattenpelaren mot skyn.
Uppåt, uppåt, uppåt.

Stundom tänker jag att det vore skönt
att rikta sprutet mot alla dessa tvålmänniskor,
se dem fly, höra dem skrika
när de överspolas
av mitt 125-gradiga vatten.

MEIN LEBEN ALS SPRINGQUELLE MIT KOCHENDEM WASSER (GEYSIR)

Man hat mir einen Namen gegeben,
der mir nichts bedeutet.
Das Wichtige ist,
daß ich nie Ruhe finde.
Tag und Nacht wechselt bei mir
die Sammlung
mit einem fünfzig Meter hohen
Wasserruf.
Nach dem Ruf sinke ich
erschöpft auf den Grund meiner selbst.
Aber nach nur wenigen Sekunden
gärt es weiter.
Ich weiß nicht, wer oder was
mich treibt.
Nur daß ich muß.

Die Leute kommen und gehen.
Sie werfen Seifenstücke in mich hinein
um mich zu stimulieren
zu höheren und dichteren Rufen.
Die Oberflächenspannung nimmt ab, und höher
und schneller fliegt die Wassersäule gen Himmel.
Hinauf, hinauf, hinauf.

Manchmal denke ich, es wäre schön,
die Spritze gegen alle diese Seifenmenschen zu richten,
sie fliehen zu sehen, sie schreien zu hören
wenn sie überspült werden
von meinem 125 Grad heißen Wasser.

Då skulle de minnas mig,
då skulle de veta mitt ärende,
det som jag inte ens själv vet vad det är.
Märka? Märkas? Vad är skillnaden?

Det har hänt att man har stigit ner i mig,
förbehållslöst låtit sig kokas.
Trasorna av de nerstigna
slungar jag i höjden i sinom tid.

Mitt vatten är tjockt av kisel.
Därför kan jag skapa fossil.
På tre veckor skapar jag ett fossil
av en fimp eller annat värdefullt.

Jag har grannar, döda och levande.
De största är de döda.
Jag drömmer ofta om att få höra till dem.
Men då skulle alla dessa bli besvikna
som kommer med sin tvål
för att få skåda mina rop.

Du ser mitt öga.
Det är blint trots allt
som har vräkts ner i det
eller snarare just därför.
Jag kan ingenting se och ingenting spå.
Allt jag äger är oron, hettan, jäsningen.

I intet, intet namn.

Da würden sie sich an mich erinnern,
da würden sie mein Anliegen kennen,
das, wovon nicht mal ich selbst weiß.
Zeichnen? Gezeichnet werden? Was ist der Unterschied?

Es ist vorgekommen, man stieg in mich hinein,
ließ sich vorbehaltlos kochen.
Die Fetzen der Niedergestiegenen
schleudere ich in die Höhe zu gegebener Zeit.

Mein Wasser ist dick von Kiesel.
Deshalb kann ich Fossile bilden.
In drei Wochen schaffe ich ein Fossil
aus einer Kippe oder sonst was Wertvollem.

Ich habe Nachbarn, tote und lebende.
Die größten sind die toten.
Ich träume oft davon, zu ihnen gehören zu können.
Aber da wären all jene enttäuscht,
die mit ihrer Seife kommen,
um meine Rufe sehen zu können.

Du siehst mein Auge.
Es ist blind trotz allem,
was hineingeworfen wurde
oder eher gerade deshalb.
Ich kann nichts sehen und nichts voraussagen.
Alles was ich besitze ist Unruhe, Hitze, Gärung.

Im Namen von nichts, nichts.

Det var flera grader varmt
när vi gick och la oss vid midnatt,
och marken var alldeles bar.
När vi om morgonen tittade ut
var marken vit av nyfallen snö.
Och ingenting hade vi märkt.
Inte ens jag, som hade legat vaken
tillsammans med mina bekymmer
under största delen av natten,
hade uppfattat att det föll snö.
Så tyst kan snön komma.

Es waren mehrere Grade plus
als wir uns gegen Mitternacht schlafen legten,
und die Erde war ganz kahl.
Als wir am Morgen hinausschauten,
war die Erde weiß von frisch gefallenem Schnee.
Und wir hatten nichts gemerkt.
Nicht einmal ich, der ich wach gelegen hatte
zusammen mit meinen Sorgen
den größten Teil der Nacht,
hatte gemerkt, daß es schneite.
So leise kann der Schnee kommen.

En man och en hund och en kråka
hade gått före oss
på skogsvägen där vi gick.
De hade gått sida vid sida,
mannen i mitten,
hunden till vänster,
kråkan till höger,
att döma av spåren i snön.
Vi undrade över denna
treenighet och beslöt
att följa spåret till slut.
Men så började det snöa.

Ein Mann und ein Hund und eine Krähe
waren vor uns gegangen
auf dem Waldweg, wo wir gingen.
Sie waren Seite an Seite gegangen,
der Mann in der Mitte,
der Hund zur Linken,
die Krähe zur Rechten,
nach den Spuren im Schnee zu urteilen.
Wir wunderten uns über diese
Dreieinigkeit und beschlossen
der Spur bis zum Ende zu folgen.
Aber da begann es zu schneien.

OM ÅLDERDOMENS BEHAG

Den gamle saknar alls inte glädjeämnen.
En sån sak bara som att hissen
redan är nere när jag kommer
från banken eller apoteket eller posten
eller från kvartersbutiken där vi köper mat
och skall upp till vår våning.
När jag kommer in i trappan och ser
ljuset från hisslampan lysa upp golvet
framför hissen som jag inte kan se direkt,
då blir jag så glad. Det håller mig på gott
humör under återstoden av dagen, att jag
inte behövde vänta på hissen.

Förr hade jag aldrig tid att stå och
småprata med bankfröknarna.
Nu kan jag unna mig att säga
ett och annat roligt som jag kommer på.
– Vad ska du göra nu, när du har fått så
mycket pengar, sa en bankfröken till mig i maj.
– Tja, har du något förslag, svarade jag,
och så skrattade vi.

När det var som värst hade också jag
hemligt nummer såsom höjdarna har.
Men numera står jag i katalogen.

Och det händer att det ringer.
Om någon har ringt fel

ÜBER DIE ANNEHMLICHKEITEN DES ALTERS

Auch der alte Mensch hat noch Grund zur Freude.
So etwas zum Beispiel, daß der Fahrstuhl
schon unten ist, wenn ich
von der Bank oder Apotheke oder Post komme,
oder vom Laden an der Ecke, wo wir Essen einkaufen,
und hinauf in unser Stockwerk möchte.
Wenn ich ins Treppenhaus komme und das Licht
von der Fahrstuhllampe auf dem Fußboden
sehe, denn der Aufzug ist nicht direkt zu sehen,
dann werde ich so froh. Das erhält mir die gute Laune
für den Rest des Tages, daß ich
nicht auf den Fahrstuhl warten mußte.

Früher hatte ich nie Zeit zu bleiben und
mit den Bankfräulein zu plaudern.
Jetzt kann ich es mir gönnen,
das ein oder andere Lustige zu sagen, was mir so einfällt.
– Was werden Sie nun tun, wo Sie so
viel Geld bekommen haben, sagte ein Bankfräulein zu mir im Mai.
– Tja, haben Sie einen Vorschlag, antwortete ich
und dann lachten wir.

In der schlimmsten Zeit hatte auch ich
eine geheime Telefonnummer wie die hohen Tiere.
Aber heutzutage stehe ich im Telefonbuch.

Und es kommt vor, daß es klingelt.
Wenn sich jemand verwählt hat,

så brukar jag ändå försöka
få i gång ett samtal. Det är många
som har sagt att de skall ringa.

Jag svimmar inte längre
när de ska ta blodprov på sjukhuset.
Jag brukar hålla kvar kompressen
ganska länge för att min hustru
skall lägga märke till den
och säga någonting empatiskt.

Vi har en bra gårdskarl.
Han sandar så bra om vintern.
Det är så tryggt med de grova kornen.
Jag brukar stiga precis på dem.

En gammal galosch som jag behöver galoscher.
Det är viktigt att hålla sig torr om fötterna.
För att inte glömma dem efter mig
brukar jag behålla dem på överallt,
också på biblioteket och restaurangen.
Får man snö på skorna så smälter den
när man kommer in och så blir man sur
om fötterna och kan bli förkyld.

Drömmer gör jag ibland, men sällan drömmer jag
att jag är ung och leker ungdomens lekar.

Min hustru och jag har det bra.
Fast det händer att vi grälar ibland,
nu senast var vi av olika mening
om huruvida våra föräldrar tänkte
mera på oss än vi tänker på våra barn.

dann versuche ich doch in der Regel,
ein Gespräch in Gang zu bringen. Viele
haben auch gesagt, daß sie wieder anrufen.

Ich werde nicht mehr ohnmächtig,
wenn man mir im Krankenhaus Blut abnimmt.
Ich pflege das Pflaster
ganz lange dran zu lassen, damit meine Frau
es merkt
und etwas Empathisches sagt.

Wir haben einen guten Hausmeister.
Er streut so gut im Winter.
Die groben Sandkörner sind so sicher.
Ich pflege genau auf sie zu treten.

Eine alte Galosche wie ich braucht Galoschen.
Es ist wichtig, daß man trockene Füße hat.
Damit ich sie nicht irgendwo vergesse,
behalte ich sie überall an,
auch in der Bibliothek und im Restaurant.
Bekommt man Schnee in die Schuhe, dann
schmilzt er, wenn man hineinkommt, und so
werden die Füße naß und man kann sich erkälten.

Ich träume zwar mitunter, aber selten träume ich,
daß ich jung bin und Spiele der Jugend spiele.

Meine Frau und ich kommen gut miteinander aus.
Obwohl es auch vorkommt, daß wir streiten.
Gerade kürzlich waren wir verschiedener Meinung darüber,
ob unsere Eltern mehr an uns dachten
als wir an unsere Kinder.

Ibland så funderar jag på hur det blir
om jag måste lämna henne för att
döden kommer och tar mig.
Om jag måste lämna henne
borde jag ha gjort det medan vi var unga
under andra världskriget, för att hon
skulle kunna finna en ny, kanske bättre lycka.

Detta tyder på att jag älskar henne.

Vi dricker vin.
Inte för ofta, men ibland.
Sitter vi och dricker vin.
Alkoholister hinner vi inte längre bli.
Nyktra behöver vi inte längre vara.

Allt är så skönt.

Bisweilen denke ich darüber nach, wie es sein wird,
wenn ich sie verlassen muß, weil
der Tod kommt und mich holt.
Wenn ich sie verlassen müßte,
hätte ich das tun sollen als wir jung waren,
während des Zweiten Weltkrieges, damit sie
ein neues, vielleicht besseres Glück hätte finden können.

Das weist darauf hin, daß ich sie liebe.

Wir trinken Wein.
Nicht zu oft, aber manchmal.
Sitzen wir und trinken Wein.
Alkoholiker können wir nicht mehr werden.
Absolutisten brauchen wir nicht mehr zu sein.

Alles ist so schön.

DIALOG PÅ FLYGSTATION

Kan jag hjälpa min herre?

– Tack, men jag väntar bara
på att Amerikaplanet skall annonseras.

– Kan jag få se på biljetten?

– Ja, var kan jag ha den då?
Här var den. Varsågod.

– Jag är ledsen, men det här planet
är redan ute över oceanen.

– Aha, har jag missat planet?

– Det kan man verkligen säga.

– Ja, jag tyckte också
att det började verka konstigt.

–Vi får försöka hitta
en ny flight åt Er. Är det någon
som väntar Er i Atlanta?

– Nej, jag är på turistresa.
Jag har inte varit i Amerika förr,
såvitt jag kommer ihåg.

– Har Ni några anhöriga hemma i Finland?

DIALOG AUF DEM FLUGPLATZ

Kann ich Ihnen helfen, mein Herr?

– Vielen Dank, ich warte nur,
daß der Flug nach Amerika aufgerufen wird.

– Darf ich Ihr Ticket sehen?

– Ja, wo kann das wohl sein?
Hier ist es. Bitteschön.

– Es tut mir leid, aber das Flugzeug
ist schon draußen über dem Ozean.

– Aha, habe ich den Flieger verpaßt?

– Das kann man wohl sagen.

– Ja, mir kam es auch
schon langsam komisch vor.

– Wir werden versuchen,
einen neuen Flug für Sie zu finden.
Gibt es jemanden, der Sie in Atlanta erwartet?

– Nein, ich bin als Tourist unterwegs.
Ich war früher nicht in Amerika,
soweit ich mich erinnere.

– Haben Sie Angehörige zu Hause in Finnland?

– Det är möjligt. Jag minns inte riktigt.

– Minns Ni var Ni bor?

– Jag bodde länge hemma,
men nu har jag flyttat, tror jag.

– Ni minns inte adressen?

– Den står kanske i passet.
Fast det är nog den gamla.

– Var snäll och kom med mig nu,
så skall vi se vad vi kan göra.

– Tack, tack!

– Das ist möglich. Ich weiß nicht genau.

– Erinnern Sie sich, wo Sie wohnen?

– Ich habe lange zu Hause gewohnt,
aber jetzt bin ich umgezogen, glaube ich.

– Wissen Sie noch die Adresse?

– Sie steht vielleicht im Paß.
Obwohl das ja die alte ist.

– Kommen Sie doch bitte mit mir mit,
wir werden sehen, was wir tun können.

– Vielen Dank!

När jag kom tillbaka från Atlanta
– fast det finns de som säger
att jag aldrig var där –
togs jag emot på flygfältet
av två ungdomar
som påstod att de var mina barnbarn
– den värsta lögn jag hört i hela mitt liv;
mina barn är små, små barn får inte barn –
det var en flicka och en pojke.
De följde mig till rummet där jag nu bor.
Jag har ett fönster mot naturen
så att jag kan se naturen.
Den är vacker, naturen.

Als ich aus Atlanta zurückkam
– obwohl es Leute gibt, die sagen,
daß ich nie dort war –
wurde ich am Flugplatz empfangen
von zwei jungen Leuten
die behaupteten meine Enkelkinder zu sein
– die schlimmste Lüge, die ich mein Lebtag gehört habe;
meine Kinder sind klein, kleine Kinder kriegen keine Kinder –
es waren ein Mädchen und ein Junge.
Sie folgten mir zu dem Raum wo ich jetzt wohne.
Ich habe ein Fenster zur Natur
so daß ich die Natur sehen kann.
Sie ist schön, die Natur.

Förr, när jag var ett litet barn,
en pojke,
satt jag ofta på farstutrappan
om sommarmornarna
och lockade på hönsen:
Tipu, tipu, tipu!
Då kom de springande alla åtta,
och så kastade jag små
brödbitar åt dem.
Ibland hade jag inget bröd,
men lockade i alla fall.
Då såg de undrande ut:
Varför hade vi så bråttom?
Varför sprang vi?
Vad väntade vi oss?
Varför är vi här?

Früher, als ich ein Kind war,
ein kleiner Junge,
saß ich oft im Sommer am Morgen
auf der Verandatreppe
und rief die Hühner:
put, put, put!
Da kamen sie angelaufen alle acht,
und so warf ich ihnen
kleine Brotkrumen hin.
Manchmal hatte ich kein Brot,
aber ich rief sie trotzdem.
Da schienen sie sich zu wundern:
Warum hatten wir es so eilig?
Warum sind wir gerannt?
Was haben wir erwartet?
Warum sind wir hier?

För icke länge sedan
var det krig.
Också i krig lever kärleken.
Den som söker kärlek för stunden
finner den.
De som verkligen älskar varandra
älskar varandra ännu mer
när det är krig
och de kanske måste skiljas
för alltid.
Två unga älskande,
båda fattiga,
han soldat, hon lotta
beslöt att som bevis på sin kärlek
byta dödsbrickor.
Efter en tid kom
meddelande från staben
att hon hade stupat i strid.
– Ja, jag är död, sade hon,
för evigt död, mitt liv har flytt.

Vor nicht sehr langer Zeit
war Krieg.
Auch im Krieg lebt die Liebe.
Wer Liebe sucht für Stunden,
der findet sie.
Die einander wirklich lieben,
sie lieben einander noch mehr
wenn Krieg ist
und sie sich vielleicht trennen müssen
für immer.
Zwei junge Liebende,
beide arm,
er Soldat, sie Lotta*,
beschlossen, zum Beweis ihrer Liebe
die Erkennungsmarken zu tauschen.
Nach einer Zeit kam
eine Mitteilung vom Stab,
daß sie im Kampf gefallen war.
– Ja, ich bin tot, sagte sie,
für ewig tot, mein Leben ist dahin.

* Mitglied der Lotta Svärd-Organsisation (1920–1945), die der Landesverteidigung diente

Vad samvetet är för en kristen
är mullvaden för en gräsmatta i Skåne.
Alla synder som gräsmattan har begått
registreras av mullvaden
som små högar av jord i gräset.
En svart katt promenerar mellan högarna,
gravitetiskt som en Missa solemnis.
Han har insett att gjort är gjort
och att ingenting egentligen kan göras åt det.
Han är möjligen präst
och samlar tankar för söndagens predikan
i katternas domkyrka.

Was das Gewissen für einen Christen,
das ist der Maulwurf für einen Rasen in Skåne.
Alle Sünden die der Rasen begangen hat,
werden vom Maulwurf registriert
in Form von kleinen Erdhügeln im Gras.
Eine schwarze Katze spaziert zwischen den Hügeln,
gravitätisch wie eine Missa solemnis.
Sie hat eingesehen: Getan ist getan
und eigentlich kann man nichts mehr dagegen tun.
Sie ist vielleicht der Pastor
und sammelt Gedanken für die Sonntagspredigt
in der Domkirche der Katzen.

En fransk författare läste egna dikter,
lågt, snabbt, lätt
som när ett möss springer över golvet.
Jag hann ingenting förstå.
Sådant kan språket också vara.
Allt beror på innehållet.

Han kan ha berättat sanningen
om hur lönnligt födda barn
brukade kastas åt grisarna
de allätande,
utan dop och välsignelse,
i vissa bygder under vissa tider.

En dikt om människan hur som helst.

Ein französischer Dichter las eigene Gedichte,
leise, schnell, leicht
als liefe eine Maus über den Boden.
Ich konnte nichts verstehen.
So kann Sprache auch sein.
Alles kommt auf den Inhalt an.

Vielleicht hat er die Wahrheit darüber gesagt,
wie heimlich geborene Kinder
früher den Schweinen vorgeworfen wurden
diesen Allesfressern,
ohne Taufe und Segen,
in bestimmten Gegenden zu bestimmten Zeiten.

Ein Gedicht über den Menschen jedenfalls.

Det är så obeskrivligt löjligt
att vara gammal.
Gammal krympande tomtegubbe.
Snart skall han läggas in på sjukhus,
få besök av psykologen, socialsköterskan
kanske själva sjukhusprästen,
som skall tala om allt möjligt
utom Jesus, en som levde för länge sedan
och sägs ha tagit på sig all världens skuld.
Kanske skall han berätta myten
om historien som släpper taget
när det är dags.
Eller om morgonen som klappar i händerna:
– Upp alla döende ur er livssömn!
Morgonen är här!

Es ist so unbeschreiblich lächerlich
alt zu sein.
Ein alter schrumpelnder Wichtel.
Bald wird er ins Krankenhaus eingeliefert,
kriegt Besuch vom Psychologen, von der Fürsorgerin,
vielleicht vom Krankenhauspastor selbst,
der über alles mögliche reden wird,
nur nicht über Jesus, einen, der vor langer Zeit lebte
und – so wird berichtet – alle Schuld der Welt auf sich nahm.
Vielleicht wird er vom Mythos
der Geschichte erzählen, die losläßt,
wenn es Zeit ist.
Oder vom Morgen, der in die Hände klatscht:
– Auf, ihr Sterbenden, aus euerm Lebensschlaf!
Der Morgen ist da!

Min längtan kan beskrivas såsom följer:
Långt i norr finns en sjö
som heter Enare sjö.
Den är lika djup som lång
berättar Z. Topelius
i *Boken om vårt land*.
Jag vill pröva sanningshalten
i detta påstående.
Jag skall ta flyget till Ivalo
som ligger ej långt från sagda sjö.
Jag skall ta av mig alla kläder
och vada ut i sjön
och ner till dess största djup.
Så får vi se, du, Topelius.

Meine Sehnsucht kann wie folgt beschrieben werden:
Weit oben im Norden gibt es einen See,
der heißt Inarisee.
Er ist so tief wie lang
berichtet Z. Topelius
in seinem *Buch über unser Land*.
Ich möchte den Wahrheitsgehalt
dieser Behauptung prüfen.
Ich werde den Flieger nach Ivalo nehmen –
es liegt nicht weit weg von besagtem See.
Ich werde alle meine Kleider ablegen
und hinauswaten in den See
und hinunter bis zu seiner größten Tiefe.
Dann werden wir ja sehen, Topelius.

Många som känner mig,
kanske de flesta,
menar att jag saknar djup.
De har säkert rätt.
Jag saknar djup.
Jag är grund,
grund som en vik,
där man bara kan vada,
inte ens kasta sig på magen.
Sådana vikar minns jag
från min hemtrakt,
där jag bodde för länge sedan.
Tänk att jag skulle bli likadan!
Vad kan orsaken vara?
Jag tror det är det
att jag vande mig vid
att skriva för publik.
Jag stöter ner järnspettet
i min tänkta publik, försiktigt,
i stället för hårt i mig själv.
Det gör ont när man stöter
ner järnspett i sig själv.
Men det är vad poeterna
borde göra.

Viele, die mich kennen,
vielleicht die meisten,
meinen, daß mir die Tiefe fehlt.
Sie haben sicher recht.
Mir fehlt die Tiefe.
Ich bin flach,
flach wie eine Meeresbucht,
wo man nur waten kann,
sich nicht einmal auf den Bauch werfen.
An solche Buchten erinnere ich mich
aus meiner Heimat,
wo ich vor langer Zeit wohnte.
Daß ich nun einer ähnlich werde!
Was kann die Ursache sein?
Ich glaube, es liegt daran,
daß ich mich daran gewöhnt habe,
für das Publikum zu schreiben.
Ich stoße eine Brechstange hinein
in mein gedachtes Publikum, vorsichtig,
anstatt heftig in mich selbst.
Es tut weh, wenn man
eine Brechstange in sich selbst stößt.
Aber das ist es, was Poeten
tun sollten.

Villa Sorgenfri,
det var kanske där
du trodde att du bodde?
Var du verkligen så naiv?
Tydligen var du just så naiv.

Villa Sorgenfri är byggd
i bästa jugendstil,
där är torn och burspråk
och norrvänd veranda
där solen inte besvärar.

Gardinen från ett öppet fönster
fladdrar för sommarvind.

Men var kommer gråten ifrån?
Den måste komma från skogen
eller kanske från sjön?

För inne i huset
syns ingen människa till.

Die Villa Sorgenfrei,
du glaubtest wohl,
daß du da wohnst?
Warst du wirklich so naiv?
Offenbar warst du gerade so naiv.

Die Villa Sorgenfrei ist erbaut
im besten Jugendstil,
sie hat Türme und Erker
und eine Veranda nach Norden
wo die Sonne nicht stört.

Im offenen Fenster flattert
eine Gardine im Sommerwind.

Aber wo kommt das Weinen her?
Es muß aus dem Wald kommen
oder vielleicht vom Wasser?

Denn drinnen im Haus
ist kein Mensch zu sehen.

Länge var vi två,
Nu är vi bara en.

Lange waren wir zwei.
Nun sind wir nur eins.

Jag längtade efter hennes röst.
Det var så länge sedan
jag hade hört hennes röst.
Kunde den finnas kvar någonstans?
Jag kom att tänka på
telefonsvararen.
Hon ringde från sjukhuset
en gång
när jag inte var hemma.
Kanske fanns hon kvar på svararen!
Jag rusade till telefonen:

"Inga nya meddelanden.
Inga gamla meddelanden."

Så var även det hoppet släckt.

Ich sehnte mich nach ihrer Stimme.
Es war so lange her,
daß ich ihre Stimme gehört hatte.
Könnte sie wohl noch irgendwo sein?
Ich dachte an den
Anrufbeantworter.
Einmal
hatte sie aus dem Krankenhaus angerufen,
als ich nicht zu Hause war.
Vielleicht war sie noch auf dem Band!
Ich eilte zum Telefon:

„Keine neue Mitteilung.
Keine alte Mitteilung."

So war auch diese Hoffnung erloschen.

Kärleksdikter?
Var ta dem ifrån?
När allt är natt,
minnena höljda i natt,
nyfallet mörker.
– Jo, det var en gång en fattig prins
som mötte en prinsessa,
en vacker prinsessa.
Därefter levde de som folk lever,
prinsen och prinsessan,
tills den ena dog
och den andra levde vidare,
dagligen och stundligen frågande sig
varför det vackra ordet inte blev sagt
en gång till, en enda gång till
utöver alla tusendena av gånger.
En gång, en sista, en enda.

Liebesgedichte?
Woher sie nehmen?
Da alles Nacht ist,
Erinnerungen verborgen in der Nacht,
in neu gefallenem Dunkel.
– Ja, es war einmal ein armer Prinz,
der begegnete einer Prinzessin,
einer schönen Prinzessin.
Danach lebten sie wie die Leute leben,
der Prinz und die Prinzessin,
bis einer von ihnen starb
und der andere weiterlebte,
sich täglich und stündlich fragte,
warum das schöne Wort nicht
noch einmal gesagt wurde, ein einziges Mal noch
hinzu zu den tausenden anderen Malen.
Ein Mal, ein letztes, ein einziges.

Kal är badrummets vägg
och trist är det iskalla kaklet.

Här hänger mina handdukar
ensamma kvar, 2 st.,
en liten för ansiktet,
en större för kroppen.
De har sällskap av varandra, förstås,
men det är också allt.

Kahl ist die Wand im Badezimmer
und trist die eiskalten Kacheln.

Hier hängen meine Handtücher
einsam übrig, 2 Stück,
ein kleines für das Gesicht,
ein größeres für den Körper.
Sie leisten sich Gesellschaft, natürlich,
aber das ist auch alles.

Det finns intelligenta varelser
som är så små
att de endast med möda
och genom samarbete
kan öppna en ärtskida
och få in tvärställda stickor
mellan sidorna, så att
det blir en båt.

Med lämplig barlast
anses den mycket sjösäker.

Es gibt intelligente Wesen,
die so klein sind,
daß sie nur mit Mühe
und in Zusammenarbeit
eine Erbsenschote öffnen können
und quergestellte Späne anbringen
zwischen den Seiten, so daß
ein Boot daraus wird.

Mit angemessener Ladung
soll es sehr seetüchtig sein.

Den som har sett göken flyga,
inser att den aldrig
med den tekniken
kan ta sig till Södern till vintern.
Man måste ta på allvar
myten att göken blir hök
när den slutar gala,
d. v. s. när kornet går i ax.
Höken åter blir gök
när kvistarna lövas, ogärna förr;
om göken gal på bar kvist
betyder det olycka för bygden.
Men hur förklara att det finns
hökar även om våren?

Wer den Kuckuck hat fliegen sehen,
sieht ein, daß er nie
mit dieser Technik
in den Süden gelangt für den Winter.
Man muß den Mythos
ernst nehmen, daß der Kuckuck zum Habicht wird,
wenn er aufhört zu rufen,
d. h. wenn das Korn Ähren ansetzt.
Der Habicht wird wieder zum Kuckuck,
wenn die Zweige Blätter bekommen, ungern früher;
wenn der Kuckuck auf kahlem Ast ruft,
bedeutet das Unglück für die Gegend.
Aber wie soll man erklären, daß es
auch im Frühling Habichte gibt?

Det säger mycket om Bellmans naturkunnighet
eller snarare brist på sådan att han kallar
sädesärlan för "den skogens nippertippan".
Sädesärlor ser man inte i skogen
utan på stränder, gårdsplaner och vägar.
Men "nippertippan" är bra, passar precis.
Säg, hur skulle denna späda varelse
kunna flyga till Afrika om hösten
och tillbaka om våren? Jag
tror på förklaringen att sädesärlan
flyttar på tranans rygg.
Om jag var trana
skulle jag gärna ha en sädesärla på min rygg.
Utan varje jämförelse i övrigt.

Es sagt viel über Bellmans Naturkenntnisse
oder eher über deren Mangel, daß er
die Bachstelze die „Naseweise des Waldes" nennt.
Bachstelzen sieht man nicht im Wald,
sondern an Ufern, auf Höfen und Wegen.
Aber „naseweis" ist gut, paßt genau.
Sag, wie sollte dieses zarte Wesen
nach Afrika fliegen können im Herbst
und im Frühling zurück? Ich
glaube an die Erklärung, daß die Bachstelze
auf dem Rücken des Kranichs zieht.
Wenn ich Kranich wäre,
hätte ich gern eine Bachstelze auf dem Rücken.
Ohne jeden Vergleich im übrigen.

Om göken är redan talat, om hans bedrövliga sätt att flyga. Var och en som har sett honom flyga förstår att han med den tekniken inte skulle kunna ta sig till Afrika, knappast ens i nyktert tillstånd. Göken flyttar ingenstans, han slutar gala och blir hök när kornet går i ax. Göken och höken är en och samma fågel. Den nämnde skalden Bellman tyckte sig höra göken gala i tröskningstiden, "matt" visserligen, i Fredmans Epistel n:o 25. Han hade antagligen hört skogsduvans hesa ghu ghu, vilket på sitt sätt bekräftar teorin om gökens/hökens dubbelliv.

Über den Kuckuck wurde schon gesprochen, über seine
jämmerliche Art zu fliegen. Manch einer,
der ihn hat fliegen sehen, versteht,
daß er mit dieser Technik
nicht bis Afrika kommt,
nicht einmal in nüchternem Zustand.
Der Kuckuck zieht nirgendwohin, er hört auf zu rufen
und wird Habicht, wenn das Korn Ähren ansetzt.
Kuckuck und Habicht sind ein und derselbe Vogel.
Der erwähnte Barde Bellman glaubte
den Kuckuck rufen zu hören in der Dreschzeit, „matt“
allerdings, in Fredmans Epistel Nr. 25.
Er hatte vermutlich das heisere ghu ghu
der Hohltaube gehört, was auf seine Weise
die Theorie vom Doppelleben des Kuckucks/Habichts bekräftigt.

Mörkret faller numera tidigt om kvällen.
Flyttfåglarna har dragit bort.
De fåglar som är kvar och skall befolka
luftens rike under vintern är få:
uv, spillkråka, hackspett, talgoxe, skata,
domherre, orre, tjäder, järpe –
kanske har jag glömt några stycken.
Med minskande mänsklig trafik
lockar bygden fåglar från skogen.
En uv har tagit över vårt ställe på landet.
Han sitter och hoar i granen på tomten,
när vi sent en oktoberkväll kommer dit.
Jag hoar tillbaka och han blir tyst.
Jag är en större uv än han.

Die Dunkelheit fällt jetzt schon früh am Abend.
Die Zugvögel sind fortgezogen.
Die Vögel, die übrig sind und das Reich
der Lüfte im Winter bevölkern werden, sind wenige:
Uhu, Schwarzspecht, Buntspecht, Kohlmeise, Elster,
Dompfaff, Birkhuhn, Auerhahn, Haselhuhn –
vielleicht habe ich einige vergessen.
Mit abnehmendem menschlichen Verkehr
lockt die Gegend die Vögel aus dem Wald.
Ein Uhu hat unser Sommerhaus übernommen.
Er sitzt und ruft in der Kiefer auf dem Hof,
wenn wir dort an einem späten Abend im Oktober hinkommen.
Ich rufe zurück und er verstummt.
Ich bin ein größerer Uhu als er.

I begynnelsen var Intet.
Intet mötte Intet.
Så uppstod Alltet.
Alltet var Kraft.
Kraften beredde sig tid och rum.
Kraften kunde förtäta sig till stoft.
I stoftet föddes liv för att
Kraften skulle kunna erfaras.
Det som ingen kan erfara
finns inte till.

Am Anfang war das Nichts.
Das Nichts traf auf das Nichts.
So entstand das All.
Das All war Kraft.
Die Kraft richtete sich Zeit und Raum her.
Die Kraft konnte sich zu Materie verdichten.
In der Materie wurde das Leben geboren, damit
die Kraft erfahren werden konnte.
Was niemand erfahren kann,
existiert nicht.

Jag tror på stoftets ändlösa kretslopp, på individens ändlösa död, på livets nödvändighet, på en verklighet som övergår allt förstånd.

Jag tror att våra föreställningar om det gudomliga är ett bildbygge som ersätter vår bristande kunskap och motsvarar vårt behov av tröst.

Jag vet att jag står mig själv närmast och att jag inte handlar mot andra levande varelser såsom jag önskar att de skall handla mot mig.

Jag är medveten om mina brister och försöker ibland leva till min förbättring.

En dröm är att förtroende skall börja råda mellan människorna, men jag vet inte om det är möjligt.

Jag är tacksam för att jag får leva ett liv som människa på jorden.

Ich glaube an den endlosen Kreislauf der Materie, an den endlosen Tod des Individuums, an die Notwendigkeit des Lebens, an eine Wirklichkeit, die allen Verstand übertrifft.

Ich glaube, daß unsere Vorstellungen vom Göttlichen ein Bilderbau sind, der unsere mangelnde Kenntnis ersetzt und unserem Bedürfnis nach Trost entspricht.

Ich weiß, daß ich mir selbst am nächsten stehe und daß ich gegenüber anderen Lebewesen nicht so handle, wie ich möchte, daß sie mir gegenüber handeln.

Ich bin mir meiner Mängel bewußt und versuche manchmal, zu meiner Besserung zu leben.

Ein Traum ist, daß zwischen den Menschen Vertrauen herrschen sollte, aber ich weiß nicht, ob das möglich ist.

Ich bin dankbar, daß ich ein Leben als Mensch auf der Erde leben darf.

Ta nu en sådan som Bach,
Johann Sebastian 1685–1750,
ta en som han,
som kände musikens lagar.
Han spelade fem toner i följd
och var därmed bunden
att fortsätta enligt lagen,
lagen och stigen,
fortsätta och fortsätta
ända fram.
Se där ett bevis
på att laglydighet kan leda
till svindlande höjder,
till slott vilkas tinnar
är närmare himlen än jorden.

Nehmen wir so einen wie Bach,
Johann Sebastian 1685–1750,
nehmen wir jemanden wie ihn,
der die Gesetze der Musik kannte.
Er spielte fünf Töne in Folge
und war damit gebunden
nach dem Gesetz fortzufahren,
Gesetz und Steg,
fortzufahren und fortzufahren
immer weiter.
Man sehe das als Beweis dafür,
daß Gesetzestreue
in schwindelnde Höhen führen kann,
zu einem Schloß, dessen Zinnen
dem Himmel näher sind als der Erde.

Är det inte underligt?
Alla himmelska musikinstrument
finns redan här på jorden:
harpan, basunen, saxofonen –
så skall det väl inte vara.
Himlen har antagligen sina egna
instrument, så egna att ett mänskligt
öra inte hör dem. Jag drömde en gång
om en ängel som satt på en sten och spelade på ett strå.
Måhända var jag död då.

Ist es nicht verwunderlich?
Alle himmlischen Musikinstrumente
gibt es schon hier auf der Erde:
Harfe, Posaune, Saxophon –
so wird es wohl nicht sein.
Der Himmel hat vermutlich seine eigenen
Instrumente, so eigen, daß das menschliche
Ohr sie nicht hört. Ich träumte einmal
von einem Engel, der auf einem Stein saß und auf einem Strohhalm spielte.
Möglicherweise war ich da tot.

Efter årtionden
av umgänge med världen
har nu den första postdagen kommit
då jag ingen post har fått.

Jag är gammal.

Världen har tagit en annan väg.

Nach Jahrzehnten
des Umgangs mit der Welt
ist nun der erste Posttag gekommen,
da ich keine Post erhalten habe.

Ich bin alt.

Die Welt hat einen anderen Weg genommen.

Nej, låt mig bära hela sorgen,
hela, fulla, outhärdliga
sorgen.
Försök inte blanda bort mig,
jag vill bära den
såsom skogen bär sina kronor,
såsom fälten bär sina fåglar,
såsom havet bär sin himmel,
himlen sina stjärnor.

Nein, laß mich den ganzen Schmerz tragen,
den ganzen, vollen, unerträglichen
Schmerz.
Versuche nicht, mich irrezumachen.
Ich will ihn tragen
wie der Wald trägt seine Kronen,
wie das Feld trägt seine Vögel,
wie das Meer trägt seinen Himmel,
der Himmel seine Sterne.

DET HÄNDE I PISA

prrr

– Si. – It is for you.

– For me?

– For you.

Taximannen ger mig sin mobil.

– Hej, det jag.
Det var min hustru, död sedan ett år.

– Du skall inte sörja. Jag har det bra.
Jag väntar på dig. Vi är många här.
Många som du känner. Också andra.
Två små flickor leker på stranden.
Här är vackert. Vi är friska.
Jag möter dig vid grinden.
Hoppas du hittar vägen.
Nu måste jag sluta.

– Hallå!

ES GESCHAH IN PISA

prrr

– Si. – It is for you.

– For me?

– For you.

Der Taxifahrer gab mir sein Handy.

– Hallo, ich bins.
Es war meine Frau, seit einem Jahr tot.

– Du sollst dir keine Sorgen machen. Mir geht es gut.
Ich warte auf dich. Wir sind hier viele.
Viele, die du kennst. Auch andere.
Zwei kleine Mädchen spielen am Strand.
Es ist schön hier. Wir sind gesund.
Ich erwarte dich am Zaun.
Hoffentlich findest du den Weg.
Jetzt muß ich aufhören.

– Hallo!

Jag trodde jag var en fluga i ett nät, tills jag upptäckte att det inte fanns något nät, mina egna drömmar hade jag spunnit in mig i, för jag ville så gärna vara fången i ett nät.

Ich glaubte, ich sei eine Fliege in einem Netz,
bis ich entdeckte, daß es gar kein Netz
gab, in meine eigenen Träume hatte ich mich
eingesponnen, denn ich wollte so gerne
in einem Netz gefangen sein.

Atmosfärisk oro registreras av träden
och arkiveras i deras ved
för framtida behov.
Vilka då behov?
Det är nyttigt att veta för ett träd
varifrån stormarna kommer oftast;
det påverkar rotfästningen.
Man tage härav lärdom.

Atmosphärische Unruhe wird vom Baum registriert
und in seinem Holz archiviert
für späteren Bedarf.
Welchen Bedarf?
Es ist nützlich für einen Baum zu wissen,
woher die Stürme am häufigsten kommen;
das beeinflußt die Verwurzelung.
Man ziehe daraus eine Lehre.

Flickan sprätte i Johannenatten
med fingret bort en myra från sin arm.
För flickan var det lätt,
hon tänkte icke mer därpå.

För myran var det svårt,
man menar att den dödde.

Ein Mädchen schnippte in der Johannisnacht
mit dem Finger eine Ameise von ihrem Arm.
Für das Mädchen war es leicht,
sie dachte nicht mehr daran.

Für die Ameise war es schwer,
die hat wohl dran glauben müssen.

TROSBEKÄNNELSE

Jag fetlagde, fattige fan
bekänner mig skyldig till otaliga försummelser
och överträdelser, jag sköter inte min kropp
såsom jag borde, jag tar hissen
i stället för trappan, jag åker taxi
i stället för att gå till Stadion,
trots att vägen är kort och vädret vackert.
Jag äter för mycket och dricker
för mycket öl.

Men jag tror, jag tror på idrotten,
en religion i tiden
med oändliga variationer, sekter
som aldrig bekämpar varandra,
dels gamla såsom löpning, diskus och spjut,
dels nyare såsom formula, hustrukånkning,
mobilkastning.

Det bor en GUD i rekordet.
Jag dyrkar rekordets GUD.
I rekordet förenas människa och GUD.
Varför tveka? Låt droger förhjälpa
människan till ständigt nya föreningar.
Så har andens folk i alla tider
nått sina högsta erfarenheter.
Om priset är döden, då är döden
ett martyrium som är värt sitt pris.
Idrottens martyrer är förmedlare
mellan oss vanliga dödliga och GUD.

GLAUBENSBEKENNTNIS

Ich beleibter, armer Teufel
bekenne mich schuldig unzähliger Versäumnisse
und Übertretungen, ich kümmere mich nicht um meinen Körper
wie ich sollte, ich benutze den Aufzug
statt der Treppe, ich fahre Taxi
statt zu Fuß zum Stadion zu gehen,
obwohl der Weg kurz und das Wetter schön ist.
Ich esse zu viel und trinke
zu viel Bier.

Aber ich glaube, ich glaube an den Sport,
eine Religion in der Zeit
mit unendlichen Variationen, Sekten,
die einander nie bekämpfen,
teils alte wie Laufen, Diskus und Speer,
teils neuere wie Formel 1, Weiberschleppen,
Handywerfen.

Es wohnt ein GOTT im Rekord.
Ich bete den GOTT des Rekordes an.
Im Rekord sind Mensch und GOTT vereint.
Warum zweifeln? Laßt die Drogen den Menschen
zu immer neuen Vereinigungen verhelfen.
So hat des Geistes Volk in allen Zeiten
seine höchsten Erfahrungen erreicht.
Wenn der Tod der Preis ist, so ist der Tod
ein Martyrium, seinen Preis wert.
Die Märtyrer des Sports sind die Vermittler
zwischen uns gewöhnlichen Sterblichen und GOTT.

Döden i prestationen är livets krona.
Hedra idrottens alkoholister,
ty de har skådat GUDS ansikte.

Jag bänkar mig tätt tillsammans
med mina bröder och systrar i tron
vid idrottens fester på Stadion,
ödmjukt, andaktsfullt, i förhoppningen
att få uppleva nya rekord, segrar, martyrier.
Jag köper en korv, det är idrottens kött.
Ur pluntan som jag har i fickan
smakar jag idrottens blod.

Men stundom väljer jag att utöva
enskild idrottslig andakt
i enrum med min teve, smörgås
med leverkorvsskiva och öl.

För min del valde jag häcklöpning.
Häcklöpning blev min gren,
fast jag varken kunde hoppa
eller springa särskilt väl.
Men jag var stark.
Jag gick i mål
med tio häckar om midjan.
Det viktiga är inte att vinna
men att gå i mål.

Der Tod in der Leistung ist die Krone des Lebens.
Ehret die Alkoholiker des Sportes,
denn sie haben GOTTES Angesicht geschaut.

Ich setze mich eng zusammen
mit meinen Brüdern und Schwestern im Glauben
bei den Festen des Sportes im Stadion,
demütig, andachtsvoll, in der Hoffnung,
neue Rekorde zu erleben, Siege, Martyrien.
Ich kaufe eine Wurst, das ist das Fleisch des Sportes.
Aus dem Flachmann, den ich in der Tasche habe,
koste ich das Blut des Sportes.

Zuweilen entscheide ich mich aber für die Ausübung
einfacher sportlicher Andacht
allein mit meinem Fernseher, Brot
mit Leberwurstscheiben und Bier.

Ich meinerseits habe den Hürdenlauf gewählt.
Hürdenlauf wurde meine Disziplin,
obwohl ich weder besonders gut springen
noch laufen konnte.
Aber ich war stark.
Ich kam ins Ziel
mit zehn Hürden um die Taille.
Es ist nicht wichtig zu gewinnen,
sondern das Ziel zu erreichen.

SKUGGAN

Stammen ägde inget ord för 'skugga'.
Varför inte? Man kan bara spekulera.
Nere i djungeln råder alltid skugga,
det är det normala.
Varför ge namn åt det normala?
Mannen som hade sänts ut till dem
för att predika frihet, demokrati
och rätt religion,
förklarade för dem skillnaden
mellan *skugga* och *mörker*.
Han uttryckte sig i bilder,
huru skuggan måste gömma sig
för solen, den förtärande, den onda.
Folket tyckte synd om skuggan, den så förföljda.
De började lägga ner gåvor till skuggan,
de sjöng för den, dansade för den.
Det är i skuggan som vi lever och är till.
När vi dör får vi komma hem till skuggan,
till evig svalka och ljuvlig ro.
När detta rapporterades till biskopen
hemkallades den utsände och anklagades
för att ha grundat en hednisk villolära.
Hans straff blev hårt.
Men stammen fortsatte
att prisa och tacka skuggan.

DER SCHATTEN

Der Stamm hatte kein Wort für ‚Schatten'.
Warum nicht? Man kann nur spekulieren.
Drinnen im Dschungel herrscht immer Schatten,
das ist das Normale.
Warum dem Normalen einen Namen geben?
Der Mann, der zu ihnen gesandt war,
um ihnen Freiheit, Demokratie
und rechte Religion zu predigen,
erklärte ihnen den Unterschied
zwischen *Schatten* und *Dunkel*.
Er drückte sich in Bildern aus,
wie der Schatten sich verstecken müsse
vor der Sonne, der verzehrenden, der bösen.
Das Volk bedauerte den Schatten, den so verfolgten.
Sie begannen Gaben niederzulegen für den Schatten,
sie sangen für ihn, tanzten für ihn.
Es ist der Schatten, in dem und für den wir leben.
Wenn wir sterben, dürfen wir heimkehren in den Schatten,
zu ewiger Kühle und lieblicher Ruh.
Als das dem Bischof berichtet wurde,
rief man den Entsandten heim und klagte ihn an,
eine heidnische Irrlehre gegründet zu haben.
Er wurde hart bestraft.
Der Stamm aber fuhr fort
den Schatten zu loben und zu preisen.

Ett tidens tecken är omsorgen
om de gamla goda rovdjuren.
Dem kunde man lita på.
Nutidens fasor
ser ut som framsteg.
In med vargen igen!

Ein Zeichen der Zeit ist die Sorge
um die guten alten Raubtiere.
Auf die war Verlaß.
Die Schrecken der Gegenwart
sehen aus wie Fortschritte.
Bringt den Wolf wieder her!

Jag ligger på en öde strand
sköljd i land
av vågorna på det långa brämet
av sand,
som synes oändligt.

Jag är inte kropp
men jag är sinnen och minne.
På avstånd ser jag en vandrare.
Han kommer fram till mig.

– Så nu är du här.

– Ja, nu är jag här.

– Du vet väl hur lite du är värd?

– Det har jag alltid vetat.

– Det där är inte sant. Jag återkommer
när du har slutat ljuga.

Vandraren gick. Jag låg kvar.

Sand, sand, sand.

Här kan ingen säga "efter en tid",
för här finns ingen tid.
Men mannen som kom till mig på stranden
kom tillbaka: – Stå upp, sa han, ta dig själv
och gå!
– Vart då?
– Sök dig en väg, sa han.
– Jaha.

Ich liege an einem einsamen Strand,
ans Land gespült
von den Wellen auf den langen Saum
von Sand,
der unendlich scheint.

Ich bin nicht Körper,
aber ich bin Sinn und Erinnerung.
In der Ferne sehe ich einen Wanderer.
Er kommt zu mir her.

– So bist du nun hier.

– Ja, nun bin ich hier.

– Du weißt wohl, wie wenig du wert bist?

– Das habe ich immer gewußt.

– Das ist nicht wahr. Ich werde wiederkommen,
wenn du aufgehört hast zu lügen.

Der Wanderer ging. Ich lag da.

Sand, Sand, Sand.

Hier kann niemand sagen „nach einer Zeit“,
denn hier gibt es keine Zeit.
Aber der Mann, der zu mir an den Strand gekommen war,
kam zurück: – Steh auf, sagte er, nimm dich
und gehe!
– Wohin denn?
– Such dir einen Weg, sagte er.
– Ach so.

Hur viktigt är det att dikter skrivs?
Det är kanske inte viktigt alls?
Viktigare är möjligen att gräva ett dike
på gården så att överflödigt vatten leds bort.
Viktigare än en dikt är i varje fall
ett lingonämbar eller en korg med kantareller
som du plockar i skogen.
Intet av detta är nödvändigt,
men lingon är hälsosamt, det kan man
inte säga om alla dikter.
Är dikter egentligen undanflykter?
Skriv dem och du slipper leva
för en stund.

Wie wichtig ist es, daß Gedichte geschrieben werden?
Vielleicht ist es überhaupt nicht wichtig?
Wichtig ist vielleicht, einen Graben anzulegen
auf dem Hof, damit das überflüssige Wasser abfließen kann.
Wichtiger als ein Gedicht ist in jedem Fall
ein Eimer Preiselbeeren oder ein Korb Pfifferlinge,
die du im Wald sammelst.
Nichts davon ist notwendig,
aber Preiselbeeren sind gesund, das kann man
nicht von allen Gedichten sagen.
Sind Gedichte eigentlich Ausflüchte?
Schreib sie und du bist das Leben
eine Weile los.

Dessa pronomen i dessa våra språk,
deiktiska, anaforiska, interrogativa
och vad allt de kallas,
är en förrädisk ordklass.
Det är svårt att enas om deras innebörd.
Du tror att man menar samma sak
med samma ord, men var på din vakt:
Du skriver *jag* och menar *dig*,
jag skriver *jag* och menar *mig*
Eller så menar vi båda både
dig, *mig* och/eller *alla*.
Förr var jag mer övertygad
om pronomenens utmärkthet.

Diese Pronomina in unseren Sprachen,
deiktische, anaphorische, interrogative
und wie sie alle heißen,
sind eine verräterische Wortklasse.
Es ist schwer, sich über ihren Inhalt zu einigen.
Du glaubst, man meint dieselbe Sache
mit demselben Wort, aber sei auf der Hut:
Du schreibst *ich* und meinst *dich*,
ich schreibe *ich* und meine *mich*.
Oder wir meinen sowohl als auch
dich, *mich* und/oder *alle*.
Früher war ich mehr überzeugt
von der Vortrefflichkeit der Pronomina.

NACHWORT

Lars Huldén ist Finnlandschwede, er gehört zur schwedischen Minderheit in Finnland. Die Literatur Finnlands ist im Lauf der Geschichte durch die Werke finnlandschwedischer Autoren entscheidend beeinflußt und bereichert worden. Auch heute haben diese Autoren einen wichtigen Anteil an der finnischen Nationalliteratur.

Huldéns Lyrik ist inhaltlich wie formal äußerst vielseitig; sie enthält Gedankenlyrik und Liebesgedichte, Festgedichte, Epitaphe, Psalmen und Kantaten sowie Lieder-, Revue- und Kabarettexte. Er ist ein Meister des Gelegenheitsgedichts, als Auftragsarbeit für denkwürdige Ereignisse und festliche Veranstaltungen geschrieben. Augenzwinkernd werden Autoritäten in Frage gestellt und erscheinen plötzlich überaus menschlich. Huldén macht die Großen klein und die Kleinen groß: Er steht auf der Seite des kleinen Mannes aus dem Volk, er gibt Vertretern verschiedener Gesellschaftsschichten und Generationen eine Stimme. Seine in dem Zusammenhang zum Ausdruck kommende Heimatliebe ist völlig unkonventionell und unsentimental, ein sympathischer Nationalismus.

Oft sind in den Gedichten von Lars Huldén kleine Geschichten enthalten, etwas, was geschieht, geschehen ist. Humor und Selbstironie tragen bei zu einer Leichtigkeit, die aber den Ernst der Lage nicht verbergen will. Auch bei ernsten Themen vermeidet der Dichter das Pathos. Indem seine Gedichte Schmerz und Verlust nur indirekt vermitteln, erreicht er den Leser umso intensiver.

Seine Leser und Hörer bewundern den Rhythmus und die Musikalität seiner Sprache, ihre Ausdruckskraft. Lied und Gesang waren ihm stets wichtig:

In den Liedern begegnen wir einander,
wir, die wir uns selten oder nie begegnen.
Und das sollte eine Bedeutung haben?
Das hat niemand behauptet.

(aus: *Herdedikter/Schäfergedichte*)

Wie die Schäfergedichte (1973) ist auch die Sammlung *Läsning för vandrare* (Lektüre für Wanderer, 1974) von der antiken Dichtung inspiriert. Sie enthält fiktive Grabinschriften, in denen die Toten zu den Hinterbliebenen sprechen. Diese Texte erinnern an Aphorismen, z. B.:

Ist man vom Regenbogen herabgestürzt,
so war man auf dem Regenbogen.

Die kürzeste Grabinschrift lautet *Nein!* (Nr. 23). Was verbirgt sich dahinter? Es war das letzte Wort des Vaters von Lars Huldén auf dem Sterbebett. Evert Huldén, Landwirt und finnlandschwedischer Dichter, lebte von 1895 bis 1967; seine erste Gedichtsammlung veröffentlichte er erst im Jahr 1951.

Das lyrische Werk von Lars Huldén ist ohne das Milieu der starken mündlichen Erzähltradition seiner Heimat nicht zu verstehen. Auch in der Musikalität seiner Poesie macht sich diese Überlieferung bemerkbar.

Glaube nur, was in den Liedern gesagt wird.
Glaubwürdigere Aussagen wirst
du doch nirgends finden.

(aus: *Herdedikter/Schäfergedichte*)

Huldéns wissenschaftliche Interessen finden auch Niederschlag und Widerhall in seinen Gedichten. Das gilt für die Onomastik, die Namenforschung, das gilt in hohem Maße für Anspielungen, Allusionen auf Dichter wie Bellmann oder Runeberg. So taucht auch in Texten über Huldén des öfteren der Begriff Pastiche auf. Er selbst erweitert diesen Begriff und sagt: *Ich schreibe gern Pastiches und bin mir dessen jedes Mal durchaus bewußt. Es gibt nichts, was ich nicht mit Bedacht geschrieben habe ... Wenn ich spontan ein Naturgedicht schreibe, aus dem Herzen kommend, so ist das auch ein Pastiche auf mich selbst.*

Ein andersgeartetes Beispiel für solche Allusionen aus der Gegenwartsliteratur, das ganz offensichtlich ist und übrigens auch von Huldén selbst in einem Interview erwähnt wird, liegt vor in der Beziehung zwischen einem Gedicht von Claes Andersson, das dieser Huldén widmete, und dessen Text aus dem Jahr 1978 *Der Mensch stieg einst herab von den Bäumen* (s. S. 46/47).

(Für Lars Huldén)

Nirgends ist größerer Friede als auf dem
Grund des Meeres.
Man sehnt sich nie weg vom Grund des Meeres.
Kein Ort kommt auf gegen den Grund des Meeres.
Wer etwas anderes behauptet, ist nie gewesen
auf dem Grund des Meeres.
Krieg hat es nie gegeben auf dem Grund des Meeres.
Niemand ist verblutet auf dem Feld der Ehre
auf dem Grund des Meeres.
Nie ist das Licht so mild wie auf dem Grund des Meeres.
Der Tod ist nie so sanft wie auf dem Grund des Meeres.
Die Liebe kennt keine Grenzen auf dem Grund des Meeres.
Kein Neid, keine Bitterkeit, kein beklemmender Haß
auf dem Grund des Meeres.
Himmel und Meer gehen ineinander auf wie Liebende
auf dem Grund des Meeres.
An einem Abend wie diesem sitzt Grigorij Sokolov und spielt
Schubert auf dem Grund des Meeres.
Keine Telefone, niemand der nicht antworten kann auf dem
Grund des Meeres.
Die Kindheit ist wie ein Traum auf dem Grund des Meeres.
Wäre da nicht das Gerücht von herannahenden Flußpferden
auf dem Grund des Meeres.
Doch auch die sind rund und weich, wie alles

auf dem Grund des Meeres.
Wohnte ich nicht hier, würde ich mein Leben geben,
um den Grund des Meeres zu sehen.
Wenn man einmal hier war, ist man wirklich gewesen
auf dem Grund des Meeres.

Claes Andersson: *Dikter från havets botten*
(Gedichte vom Meeresboden). 1993

Es ist so verwegen wie schwierig, die einzelnen Gedichtsammlungen von Lars Huldén gegeneinander abzuwägen. Jede Sammlung steht für sich und hat Eigencharakter. Jede betritt Neuland. Jede vergrößert die Spannweite seines Werkes. Der Dichter selbst läßt mitunter erkennen, daß die *Herdedikter* sowie die Sammlungen *Läsning för vandrare* und *Mellan jul och ragnarök* (Zwischen Weihnachten und Weltuntergang, 1984) ihm wichtig sind und nahe stehen; bei Veranstaltungen wie Dichterlesungen greift er gern auf sie zurück.
Die Sammlungen der letzten Jahre, *Återkommen från Atlanta* (Zurück aus Atlanta, 2005), *Sommardikter* (Sommergedichte, 2005) und *Himmelshögt och vattentätt* (Himmelhoch und wasserdicht, 2007), sind Steigerungen, die beweisen, daß Lars Huldén zurecht als Altmeister der finnlandschwedischen Lyrik gilt und sich immer wieder neu erfindet.

Ein alternder Poet zu sein
und über alles geschrieben zu haben.
Das ist nicht leicht.
(*Über die Echtheit in Leben und Dichtung*, 1997)

Der beeindruckende Reichtum an Themen im Schaffen von Huldén erschließt sich einem durch die Lektüre seiner Gedichte. Einen Überblick über Entstehung und Rezeption seiner Werke gibt ein erstaunliches Buch, das nur auf schwedisch existiert: Inga-Britt Wik (Hg.): *Strövtåg i skogen. Lars Huldén om liv och verk* (Streifzüge im Wald. Lars Huldén über

Leben und Werk). 2002. Es beruht auf ausführlichen Interviews zwischen 1992 und 2000, die die Autorin mit dem Dichter und Menschen Lars Huldén geführt hat sowie einer profunden Auswertung der einschlägigen Literaturkritik. Die aktuelle Huldén-Bibliographie erschien anläßlich seines 80. Geburtstages. Sie ist hervorragend recherchiert und versammelt nicht nur seine wissenschaftlichen und belletristischen Werke, sondern informiert auch über seine zahlreichen Arbeiten für Bühne und Film sowie Rundfunk und Fernsehen. (*Lars Huldén. Bibliografi. 1949–2007.* Hg. L. Assmuth, G. Harling-Kranck, J. Lillqvist).

Ingrid Schellbach-Kopra
23. Februar 2008

Claes Andersson • Die Stadt heißt Helsinki

Claes Andersson, geboren am 30. Mai 1937 in Helsinki, gehört der schwedischsprachigen Minderheit Finnlands an. Nach dem Studium der Medizin war er langjährig als Psychiater tätig. Darüber hinaus trat er als Autor, Mitbegründer und Herausgeber einer literarischen Avantgardezeitschrift, Publizist, Jazzpianist, Reichstagsabgeordneter und als Kulturminister in Erscheinung.

Andersson schreibt energetisch, gebraucht unzüchtige Ausdrücke, vermischt Metaphern aus Natur und Wissenschaften, um eine Dichtung zu schaffen, die abstrakt und gleichermaßen absolut bodenständig ist. Er kombiniert Jazzrhythmen, umgangssprachliche Wendungen und Begriffe aus der Psychiatrie miteinander. Ein erstaunliches Gewebe aus Imagination und alltäglichem Erleben. *Die Stadt heißt Helsinki* enthält Gedichte aus allen 19 bislang erschienenen Bänden und präsentiert damit hierzulande erstmals das dichterische Werk Claes Anderssons umfassend.

Antibürgerlicher können Gedichte kaum sein. Das Infernalische an Andersson ist, daß er uns alle aufspürt, wenn er das Licht des Scheinwerfers langsam über psychologische und soziologische Landschaften streichen läßt. Selbst vor dem Spiegel überrascht er uns in einer Nacktheit, von der wir eben selbst noch nicht wußten und die wir auch nicht ertragen können. Karl Vennberg

Zweisprachige Ausgabe, aus dem Finnlandschwedischen von Gisela Kosubek und anderen. Mit einem Nachwort von Tua Forsström.
Paperback, 224 Seiten, ISBN 978-3-936271-29-4, 16,00 Euro.

Die Auswahl der Gedichte für diesen Band besorgte Ingrid Schellbach-Kopra aus folgenden Büchern: *Herdedikter*, 1973; *Läsning för vandrare*, 1974; *Heim/Hem*, 1977; *J. L. Runeberg och hans vänner*, 1978; *Dikter vid särskilda tillfällen*, 1979; *Jag blir gammal, kärä du*, 1981; *Mellan jul och ragnarök*, 1984; *Judas Iskariot Samfundets årsbok 1987*; *Resedikter*, 1987; *Vegas färd*, 1997; *Återkommen från Atlanta*, 2005; *Sommardikter*, 2005. In: *Utförlig beskrivning av en bärplockares väg*, 2006; *Himmelshögt och vattentätt*, 2007.

Die *Grabinschriften* 1, 3, 5, 8, 16, 28, 43, 45, 103, 135, 136, 169, 175, 188, 216, 236 und 238 wurden von Ulrike Karger übersetzt und erschienen zuerst in der Anthologie *Still wie Licht in windloser Gegend* im Von Loeper Verlag, Karlsruhe 1985. Folgende Gedichtübersetzungen sind ebenda zuerst veröffentlicht worden: *Holzkonstruktionen ...*, *Sechs Gedichte über deine Augen oder Aus der Geschichte einer Liebe* und *Man soll fahren*.

Den Umschlag gestaltete Christin Albert unter Verwendung eines Holzschnittes von Heike Küster.
Die Übersetzung wurde gefördert vom *Informationszentrum für Finnische Literatur (FILI)*, Helsinki.
Mit freundlicher Unterstützung der Deutsch-Finnischen Gesellschaft e.V.

Mein herzlicher Dank für die Unterstützung bei der Arbeit an diesem Buch gilt Christin Albert, Ruth Cyranka, Heike Küster, Ingrid Schellbach-Kopra, Reiner Posnien, der Deutsch-Finnischen Gesellschaft e. V. und dem Informationszentrum für Finnische Literatur.

Ralf Zühlke

ISBN 978-3-936271-41-6

Ralf Zühlke · Wennerstorfer Kirchweg 65 · 21279 Wenzendorf

Druck und Bindung: MaroDruck, Augsburg
2. Auflage, 2009